# MISTRAL PERDU
# OU LES ÉVÉNEMENTS

DU MÊME AUTEUR

Romans :

*Les Vies extraordinaires d'Eugène* (JC Lattès, 2010)
*Second tour ou les bons sentiments* (JC Lattès, 2012)
*Daffodil Silver* (JC Lattès, 2013)
*Les Gens dans l'enveloppe* (JC Lattès, 2015)

Document :

*Ils sont devenus français*, avec Doan Bui (JC Lattès, 2010)

www.editions-jclattes.fr

Isabelle Monnin

# MISTRAL PERDU OU LES ÉVÉNEMENTS

JC Lattès

Maquette de couverture : Fabrice Petithuguenin.
Illustration de couverture : Émile Mariot.
Photographie bandeau : © Mark Cohen.
Photographie auteur : © Francesca Mantovani.

ISBN : 978-2-7096-6082-2

Première édition : septembre 2017.

*À mes fantômes.*

« Sauver quelque chose du temps où l'on ne sera plus jamais. »

Annie Ernaux, *Les Années*

# Enfance I

Nous sommes deux, nous sommes des enfants et le monde est facile. L'espace et le temps forment un présent sûr de lui qui ne se demande ni d'où il vient ni où il va. Nous sommes à notre endroit et nous n'avons pas encore l'idée de nous interroger sur la place qu'on nous donne – personne ne nous dit que plus tard nos souvenirs à trous seront nos tortionnaires.

Il y a nous et eux.

Eux : les parents, leurs amis, les enfants de leurs amis, les enseignants, les commerçants, les médecins.

Nous : les filles.

Eux : les élèves de l'école, les règles de la cour de récréation, plus difficiles à maîtriser que celles de l'orthographe.

Nous : les filles.

Nous sommes deux et ça nous suffit pour exister, notre deux est une île où les autres n'entrent pas, où l'on fait comme on veut. Notre deux est une maison où elle m'attend toujours, et je l'attends sans cesse. Elle rit, je ris de son rire, de l'avoir provoqué et de savoir le prolonger, j'aime son odeur de petite fille qui n'aime pas se laver, et le grain de sa peau ponctue sa douceur de picots ronds. L'hiver, nous dormons dans le même lit, dans la partie de la maison chauffée. Elle dort en boule comme un chiot, en tétant son pouce et caressant ses fesses – elle dit « mon chaud » et ce sont ses fesses –, ses pieds appuient sur mes cuisses. L'été, nous intégrons une autre chambre, au bout du long couloir. C'est une ancienne cuisine, le papier peint aligne d'énormes radis roses sur les murs, deux lits séparent nos corps mais nos rires chuchotés construisent un pont entre eux – et le sien explose quand elle ne peut plus se retenir et c'est un volcan de joie, crachant des cailloux jaunes, je les ramasse sagement pour n'en perdre aucun. Toute mon enfance est là, qui dure mille ans, qui dure rien. Je préfère l'hiver.

Nous sommes les filles.

Nous sommes deux, nous sommes les filles et nous habitons différents espaces.

Il y a les espaces de la vie publique, l'école, la classe, ta table dans la classe, le village toujours traversé en voiture, l'épicerie et la boulangerie et la quincaillerie du village, le cabinet médical et la pharmacie du village, l'école de musique et la salle des fêtes du village, les HLM du village, un simple immeuble un peu fatigué qui fait face au centre commercial du village, les lotissements du village, dont nous savons, sans qu'on ait eu besoin de nous l'apprendre, la hiérarchie sociale, du plus pauvre au plus riche où se trouve notre maison ; il y a aussi le supermarché Carrefour, situé entre le village et la ville, la ville où l'on fait des courses le mercredi matin (et maman achète des pulls pour elle et des pantalons de velours pour nous), le collège à l'entrée de la ville, où nous irons plus tard, au village des gens disent qu'il est dangereux parce qu'il y a des Arabes mais nos parents haussent les épaules : des Arabes, et alors ? et nous sommes fières de hausser les épaules comme eux, de dédaigner les intolérants.

Il semble, de la petite butte de mes neuf ans, que le métier de grandir consiste à assimiler les codes, à intégrer les normes qui régissent l'espace social, à se tordre pour entrer dans le moule – même si, bien sûr, personne ne prononce jamais les mots « codes », « normes », « régir », « espace social » et « moule » (mais on peut connaître le sens des mots avant de les avoir entendus). Il faudra apprendre à conduire aussi, puisque tout dans cet univers se parcourt en voiture, et je fais souvent le même rêve : nous sommes dans celle de notre mère, nous deux à l'arrière, et soudain notre mère n'est plus là, je dois enjamber le fauteuil avant pour prendre le volant et conduire, moi qui ne le sais pas.

Au bout de la route, il y a le cimetière du village.

Nous n'y allons jamais.

Il y a les espaces de la vie privée, et d'abord la maison des parents. Ils viennent de l'acheter dans ce village, elle est à l'entrée d'un lotissement construit dans le parc arboré de l'ancienne maison de maître qu'on appelle prétentieusement château, on dit que notre maison accueillait autrefois les écuries et le logis du gardien du château, ça lui donne une histoire, ça nous plaît, et d'être à l'endroit des anciens domestiques aussi, nous ne nous verrions pas châtelains. Nous partageons les deux bâtiments avec les meilleurs amis des parents, une aile pour eux, l'autre pour nous, le terrain et la cour pour tous, c'est comme une communauté de primo-accédants à la propriété, ils disent que c'est mieux que l'appartement en ville d'avant, s'ils sont heureux nous le sommes aussi.

Au rez-de-chaussée, une longue mangeoire en bois divise la grande pièce qui sert de salon, de salle à manger et d'entrée. Nous trouvons ce détail rustique très moderne. La mangeoire devient le réceptacle de nos manteaux après l'école, de nos sacs de classe, de livres, du téléphone, de plantes et de tout un fatras de choses. Aux murs, couverts d'un crépi à gros grains, il y a des reproductions de Toffoli. La lampe du salon est constituée d'une large bouteille en verre soufflé et d'un abat-jour en laine. Le cœur de la maison est la belle cuisine carrée, c'est là que nous passons le plus de temps tous les quatre, nous deux et eux deux puisque personne ne sait que nous serons bientôt cinq. Tous les mercredis midi, nous mangeons des steaks frites.

Une image muette – c'est un espace aussi : je lis, assise dans le canapé en velours marron, ou sur le pouf orange, ou dans un coin de ma chambre, je lis plus que je ne joue, la comtesse de Ségur, je suis Sophie, je suis aussi Delphine et Marinette, je suis Hansel et Gretel, Fantômette,

Claude du *Club des cinq*, Jo des *Quatre Filles du docteur March*, je suis Heidi, la grand-mère aveugle, le grand-père Jean Valjean, je suis Cosette, le grand-père d'Heidi, je suis Tistou les pouces verts et le Petit Nicolas, je ne suis pas Agnan, je suis Sissi, ses robes comprimant sa poitrine et son regard triste, enfant je suis Huckleberry Finn, sa cabane dans l'arbre, enfant je suis Laura Ingalls et elle voudrait que je la lui laisse et sois Marie Ingalls mais non, je suis Laura, mes nattes pareilles, si elle veut nous sommes deux Laura, enfant je suis tous les personnages de toutes les histoires.

Je suis la Petite fille aux allumettes.

Le salon est composé de deux parties : celle où se trouvent le canapé, la télévision et la musique et celle, sur une estrade de quelques centimètres, où les propriétaires précédents ont creusé un improbable bassin intérieur en pierre où pourraient gigoter quelques poissons si le circuit d'eau n'était pas cassé. C'est là que nous confectionnons chaque année le sapin de Noël. Des heures à le décorer. Le sérieux que nous y mettons. Pour le réveillon, la famille s'élargira des grands-parents et des frères et sœurs de nos parents. Il y aura des cousins, on installera des matelas dans les chambres pour faire des « dortoirs », on révélera aux plus jeunes que le Père Noël n'existe pas et on chuchotera dans le noir des histoires qui font peur. Le lendemain, avant l'aube, nous serons tous à déchiqueter la montagne de papier cadeau, les adultes aux joues pliées de sommeil nous regarderont, satisfaits et nostalgiques déjà, il y aura une odeur de robe de chambre et de café, elle se gravera comme le parfum du bonheur.

Une année, je reçois un journal intime, sa couverture est brillante et il est fermé par un merveilleux cadenas en forme de cœur. Je ne sais plus qui me l'offre, une tante sans doute, c'est un cadeau de jeune fille, il fait trembler mes lèvres (ils disent souvent que je suis trop sensible), quelque chose de brûlant gonfle dans ma poitrine plate, comme si elle renfermait un oiseau orgueilleux. Si je peux écrire sur moi c'est que j'existe. Sur la première page, au stylo-plume, j'inscris mon nom et le souligne. Je ferme le cadenas et cache le journal et la clé dans deux endroits différents, l'idée que quelqu'un puisse accéder à ces pages me terrifie, même à ma sœur je ne révèle pas mes cachettes. Je le dissimule si bien que je l'oublie. Je n'ai pas souvenir de l'avoir sorti de sa planque pour y coucher mes états d'âme incandescents.

Y est-il toujours ? J'imagine le papier gondolé par l'humidité ou grignoté de sécheresse. Que lirait-on aujourd'hui si l'on feuilletait le carnet fantaisie ? Les pages sont vides et pleines, pourtant, de la vie qui a passé. On y verrait défiler les événements, intimes et collectifs, qui ont ponctué une existence d'inattendus, frottant, déstabilisant, construisant, sans suivre le schéma prévu, une vie aussi banale qu'extraordinaire. Ce serait lire, à l'encre sympathique d'un stylo vendu avec *Pif gadget*, le récit de la dégringolade d'une génération qui s'était crue effrontée et se découvre désarmée. Longtemps elle a redouté que rien ne lui arrive, jamais, et puis des irréversibles sont advenus, des valeurs ont fané, des impossibles sont devenus probables, même les peurs se sont réalisées.

Il y a les voitures des parents. Celle de papa est la plus grande, un break qui sent le tabac froid et les départs en vacances, les routes sont bordées de ruisseaux en plastique formés par les déchets jetés par les fenêtres et nous guettons, telles deux Indiennes des plaines, les oasis de chaleur sur le bitume. La Renault 5 jaune citron de maman sert à tous nos déplacements quotidiens. Dans l'autoradio ne tourne qu'une cassette, *Initials B.B.* de Gainsbourg, nous en connaissons les paroles par cœur, surtout celles de *Comic strip* ; elle accélère le rythme pour me prouver qu'elle les connaît aussi bien que moi, et ça m'énerve un peu, j'aime qu'on respecte le tempo.

Il y a l'appartement des grands-parents maternels où l'on va rarement. Parce qu'il est exigu ? Parce que le pied de leur HLM n'est qu'un parking un peu triste ? Je ne sais pas. Parce que ce grand-père est malade depuis qu'un électrocuté lui est tombé dessus dans la carrière où il travaillait, nécrosant la moitié de son cœur (et mon imaginaire de petite fille malaxe cette image, un cœur à moitié mort) ? Parce que cette grand-mère, mamie Ninette, travaille encore – élégante et parfumée de capiteux, elle trotte chaque jour jusqu'à la boutique de prêt-à-porter où elle est vendeuse, puis revient vite s'occuper de son mari dont il me reste l'image d'un homme dans un canapé, sombre, silencieux ? Peut-être juste parce qu'une règle immuable veut que chaque samedi après l'école la voiture de papa nous conduise jusqu'à la maison des autres grands-parents – et ça fume dans la voiture et à mi-chemin un dos-d'âne fait se soulever nos poitrines et nous nous disputons pour être derrière maman et nous attendons les virages pour tomber d'un côté puis de l'autre (je laisse mon corps répondre au mouvement de la voiture, elle propulse le sien contre moi). Aucune ceinture de sécurité ne nous bride, c'est donc qu'il n'y a pas de danger.

La maison des grands-parents paternels est un pavillon cubique au bord d'une route à la lisière d'un autre village. Elle est plus moderne que la nôtre et obéit à une logique spatiale remarquable : reposant sur un sous-sol où se trouvent le garage avec sa fabuleuse porte en accordéon, la buanderie, le cellier et une chambre avec un piano inutilisé où dorment parfois les parents, le logement occupe l'étage et s'organise lui-même en deux espaces bien délimités : les trois chambres d'un côté avec une salle de bains où l'eau est si douce qu'elle est désagréable à nos peaux, la cuisine et le séjour de l'autre. Celui-ci donne sur une terrasse où nous n'allons jamais. Autour de la maison prolifère un jardin potager qui produit plus qu'il n'en faut pour nos grands-parents mais les oblige à ne jamais s'éloigner plus d'une journée ; il y a toujours du travail au jardin, disent-ils, et le corps de notre grand-mère y est préposé, plié, courbé, sali.

C'est dans cette maison qu'il apparaît un samedi soir. Ma mémoire ne sait pas quel jour quelle heure quelle chaîne. Mais elle sait la disposition du séjour : à droite la table et ses six chaises en bois laqué (après y avoir déjeuné, on nous y fait « travailler », l'excellence scolaire est le but et les devoirs sont quotidiens, une sorte d'hygiène indiscutable, parfois partagée avec des élèves plus âgés qui viennent prendre des cours particuliers auprès de notre grand-père), le buffet avec son horloge dorée sous cloche de verre et le petit crocodile empaillé ; dans le prolongement du buffet a été installée la mince bibliothèque vitrée de mamie, elle y range ses livres reliés en cuir et ceux qu'elle reçoit de France Loisirs ; juste à côté se trouvent sa machine à coudre Singer et son nécessaire à couture et tricot, elle nous enseigne l'art du crochet et de la broderie, ce sont des papillons ou des fleurs, elle nous apprend à jouer aux petits chevaux, aux dominos et aux dames, qu'elle adore ; à gauche dans un renfoncement trône le bureau de papi, son sous-main en cuir, ses range-documents et deux armoires dont les portes se relèvent en s'enroulant sur elles-mêmes, il a été instituteur puis directeur du premier collège du bourg, c'est un bureau de directeur, nous comprenons sans qu'on nous le dise qu'il ne s'agit pas d'y traîner ; le reste de la pièce est dévolu à un canapé et à un gros fauteuil recouverts d'un tissu à motif végétal et sombre, je ne me rappelle pas la présence d'une table basse, c'est là que nous regardons la télévision qui nous est interdite en semaine, merveilleuse télévision qui le fait surgir dans nos vies.

Ma mémoire ne sait pas quel jour quelle heure quelle chaîne, elle sait en revanche que nous sommes allées nous promener avec notre grand-mère jusqu'à la source au bout de la route, et peut-être avons-nous rendu visite à madame Dubois, une très vieille et grosse dame, ancienne institutrice qui nous offre des Rochers Suchard que nous faisons fondre dans nos doigts pendant qu'ils parlent de politique, elle sait aussi que juste avant *Les Chiffres et les Lettres*, consonne-voyelle-voyelle, mamie a fermé tous les volets, que l'odeur du potage du soir nous écœure un peu et que nous avons regardé le journal télévisé tous ensemble. Il y avait peut-être Georges Marchais, et alors maman a dit « Il a quand même une tête de truand » (plus tard, lorsque je répéterai mot pour mot cette phrase, on me signifiera que je dois respecter les hommes politiques), il y avait sans doute Valéry Giscard d'Estaing, et papi, frottant ses mains l'une sur l'autre en plissant légèrement les yeux, a sûrement soufflé « Quelle intelligence », accordant, beau joueur, au président de l'autre camp la plus convoitée des qualités. Il y avait aussi, c'est certain, François Mitterrand, et papi a eu un sourire de contentement en prononçant ces mots, comme s'il décernait des notes à ses élèves (aura-t-il de sa vie utilisé une autre grille de lecture, évaluer, jauger, distinguer les bons élèves des mauvais ?) : « Lui aussi, re-dou-ta-ble-ment in-tel-li-gent », et on a senti dans ce « redoutablement » l'espoir, bientôt, de notre revanche.

Nous ne savons pas pourquoi mais nous le savons : nous sommes une famille de gauche, c'est comme ça, ça va avec école, travail, foot, culture, camping, copains, ça ne va pas avec privé, église, équitation, argent, compétition, bijoux, voitures propres et chiens en laisse. Depuis avant nous et jusqu'à tout le temps, il semble que la conversation des adultes constitue un magma de noms, une litanie exotique, ennuyeuse mais rassurante puisqu'elle sait, comme nous, où elle habite. Et ça fait Michel Rocard, PSU, SGEN-CFDT, Camif, PEGC, MGEN, Michel Jobert, Jean Poperen, Edmond Maire, Pierre Mauroy, réforme Haby, Union de la gauche, programme commun, service public, grève, et Mitterrand, souvent.

Nous sommes enfants, nous sommes deux et le monde est simple : d'un côté la droite, que nous n'aimons pas, de l'autre la gauche, que nous sommes.

Ma mémoire ne sait plus trop les détails – les voix se sont effacées, les vêtements que nous portions se sont évaporés (étions-nous en pyjama ?) – mais elle pourrait lever la main droite et dire je le jure devant un tribunal que les parents étaient partis passer la soirée avec leurs amis d'enfance, et que mamie nous a dit « Allez vous chercher des glaces au sous-sol, les filles », déclarant ouvert comme chaque samedi soir le meilleur moment du week-end. Ma mémoire est tout entière dans la glace que nous mangeons maintenant, assises sur le canapé, un cornet à la vanille qu'elle, impatiente et gourmande, dévore en vitesse alors que je le fais durer autant que possible pour la rendre jalouse, un peu. Cette glace que je n'ai pas terminé de déguster lorsqu'il surgit dans l'écran bombé de la télévision en couleurs.

Il devait y avoir Michel Drucker puisqu'il y a toujours Michel Drucker, sans que personne ne nous dise à cet instant que Michel Drucker sera comme l'école, le centre commercial, la salle des fêtes : un espace invariant de nos vies, un endroit où échoueront tous nos week-ends si nous n'y prenons garde. Il devait y avoir d'autres gens, des chanteuses à grande bouche, des brushings américains tenant des micros rectangulaires et brillants (et leurs longs fils dessinent des serpents fascinants sur le sol du plateau), des acteurs nicotiniques et Thierry Le Luron, sûrement, imitant des personnalités – mais nous ne rions pas car nous le savons de droite et nous n'aimons que Coluche. Il devait y avoir dans l'écran aux trois chaînes la fin souriante des années 1970, des lumières, des décors, des costumes, des bruits, peut-être des cendriers au pied de leurs pantalons moulants.

Ma mémoire n'a pas conservé les détails, elle a juste inscrit dans mes souvenirs l'instant précis de l'irruption – « Sa chanson s'intitule *Marche à l'ombre* et il s'appelle Renaud ! » –, elle a gravé le moment premier où un homme au regard adolescent (il pourrait être notre père) déchire le voile qui enferme nos enfances dans des certitudes trop sages pour en faire des confettis d'insolence ; l'instant où un homme aux cheveux longs et aux jambes arquées comme une porte de grange (il pourrait être notre père mais notre père ne ferait jamais cela) défie la caméra et fait entendre une langue drôle, si drôle que nous l'adorons dans l'instant, cette langue qui dit flipper, bande, crado, poufiasse, nibard, blondasse, colbac, cette langue qui signifie liberté et fait soupirer d'indignation notre grand-père dans son gros fauteuil de gauche. Le lendemain, sans doute, comme chaque dimanche, nous allons voir notre père jouer au foot. Sur les balustrades en béton gris clair, nous inventons des cochons pendus en braillant : « Casse-toi tu pues et marche à l'ombre. »

# Enfance II

Nous sommes deux, ils croient que nous sommes toujours des enfants et le monde est vaste. Nous nous étendons dans l'herbe, le sable, la neige, et l'immensité est notre moment. Nous nous étendons, herbe-sable-neige, nous sommes l'immensité. Au fond du jardin, il y a un brouillon de ronces, nous y faisons une cabane, emmêlées dans les branches, c'est notre maison et elle prépare des repas d'insectes morts à la sauce de boue. Dans nos têtes, nos corps marchent sans frontière ; ils enjambent et embrassent, ils comprennent et épongent. Nous sommes les filles, ça se voit le soir dans le miroir. Devant la glace de la salle de bains (les parents n'ont pas encore fait les travaux, c'est comme si nous vivions chez les anciens propriétaires, une moquette murale fleurie, brune et hideuse est le décor de notre théâtre), nous singeons des dames à cheveux longs, elles fument des menthols sur des paquebots transatlantiques – des serviettes de toilette cachent nos coupes de garçonnes et elle surjoue le ramassage féminin de chevelure envahissante. Je ne redis pas combien nous rions, c'est plonger sous les vagues.

Nous sommes les filles, nous portons des sous-pulls en nylon et il a les pieds nus. C'est un mercredi ou un samedi. Nous accompagnons notre mère au supermarché. Nous nous disputons pour être celle qui poussera le chariot ; depuis que nous sommes cinq, notre petit frère est le bébé joyeux, assis dans le Caddie, hurlant de rire à chaque accélération dans les travées marchandes. Un mercredi ou un samedi, quelle importance : nous, les filles, et lui, ses pieds nus. D'où émerge la sensation que ce fut un privilège, un fantastique cadeau ? Notre mère a dit « Oui, vous pouvez le prendre » (ou peut-être même, me distinguant, « Oui, tu peux le prendre ») et l'album a quitté son rayon aguicheur, à l'entrée à droite du magasin, pour rejoindre notre Caddie et bientôt, dans quelques kilomètres, nos chaque jour, nos tout le temps. Elle a dit « Oui » et il est devenu le premier 33 tours.

## *Enfance II*

Je ne crois pas avoir encore la chaîne-hifi, gros bloc compact acheté chez But un peu plus tard. Même pas le premier walkman, il sera ma fierté turquoise, mon égoïsme casque en mousse. Le mange-disque rouge que nous avions autrefois s'est perdu ou cassé. La musique appartient encore à l'espace familial, elle est rangée serrée sous la platine grise des parents – ils disent « électrophone » ou « tourne-disques ». Les vinyles sont si comprimés dans l'étagère qu'en sortir un seul est impossible : il faut en saisir une poignée – c'est arracher des pans d'un mur, celui de leur jeunesse peut-être –, les mettre en tas ou les étaler pour choisir ceux que nous écouterons assises par terre, regardant sans fin tourner les 33 tours, il nous semble que la vie se déroulera comme ça, le diamant suivant le sillon noir sans que rien ne le détourne (et de temps à autre, la joie de les faire passer en 78 tours, la sensation enivrante du monde sortant des rails). Parfois, rarement, les parents s'en mêlent pour nous dire que ce sont des monuments que nous entendons, les Beatles, Brassens, Brel, Reggiani, Barbara, Leonard Cohen, Cat Stevens. Nous rangeons le premier 33 tours tout à gauche de l'étagère, prêt à être extrait chaque jour pour tournoyer sous le diamant. Il est à nous, mais il descend des leurs.

Quand il gouaille sur leur platine, il bâtit un pont entre eux et nous et nous sommes les filles, de nos parents.

Nous sommes deux, nous connaissons les chansons par cœur, et les adultes ont des réactions étranges. On a débarrassé la table de la salle à manger du bazar quotidien pour la recouvrir, c'est notre travail, d'un bulgomme et d'une nappe colorée, on y a disposé les assiettes de la salle à manger, elles sont blanches sans motif, et des « beaux verres », ils sont à pied et gravés de motifs raisins. Ça sent bon, il y a du jus dans nos assiettes, du vin, des histoires de famille, vieilles ou neuves, c'est chaleureux. L'électrophone est à côté de la table. Les parents décident de mettre de la musique. Ce soir-là ils ne choisissent pas yéyé ou folk, le repas ne se terminera pas, comme souvent, par une surprise party (c'est leur terme, nous rêvons de boums) démembrée et hilarante. Ce soir-là, c'est Ferrat, mais nous n'avons pas le temps de chanter : notre oncle quitte brusquement la table. Il crie, il ne supporte pas les communistes et mes parents semblent les apprécier pour la principale raison qu'ils le dérangent. Il dit des mots comme « provocation », « foutage de gueule ». Nous rions, sans nous interroger sur ce qui se joue : pourquoi le provoquent-ils ? pourquoi réagit-il aussi fort ? Nous rions car nous ne comprenons pas que la politique finit toujours par se glisser partout, même entre les gens qui s'aiment, même dans les moindres cachettes de la vie privée. Tout cela ressemble à un jeu si sérieux.

Nous sommes deux, nous devons demander la permission de sortir de table, et une petite valise en tissu rouge contient nos 45 tours. Nos noms en majuscules sont écrits dessus, parfois le noir des galettes est balafré et notre père peut nous demander si tu connais l'histoire du disque rayé rayé rayé. La valise rouge est notre trésor de guerre. Personne ne nous prévient qu'il deviendra un morceau évident de nous, qui repasserons les disques longtemps après leur sortie du Top 50, pour danser et rire avec les amis, *Chacun fait c'qui lui plaît*, *Let's dance*, *Gaby oh Gaby*, *Still loving you* ouououh.

Nos journées jouent à l'élastique, se quitter, se rejoindre, se raconter, verser dans la tête de l'autre tout ce qui a été frôlé, espéré, déçu. Elle n'a pas encore dix ans mais au collège je n'ai pas trouvé meilleure amie. Il y a bien une fille, dont la profondeur m'attire comme un puits, mais personne ne me connaît mieux que ma sœur. La laisser, même pour quelques heures, revient à endosser un manteau de solitude. Nul ne me dit comme elle qui je suis. Que je suis. Elle est celle par qui j'existe au monde, depuis son premier regard sur moi – effacé à jamais de ma mémoire mais gravé préhistorique dans ma roche de sorte que jamais je ne puisse en douter. Être à ses côtés c'est se chauffer à une force mystérieuse, peut-être tellurique. On dirait qu'elle a trouvé le secret de la vie, ça irradie d'elle entière, je voudrais m'y frotter comme à une lampe magique, qu'elle me prête un peu de son fluide, qu'elle m'en maquille les yeux et la bouche.

Elle me fait penser à un petit animal, les éléments semblent se donner rendez-vous sur sa peau, elle sent la terre, la pluie et les instincts des bois. À deux ans, elle ne veut vivre que nue. Dès que nous entrons dans l'appartement de fonction où nous vivons à l'époque, au-dessus de l'école où notre mère est enseignante, elle se déshabille et je la trouve fascinante d'impudeur. À quatre ans, elle piétine de rage son gâteau d'anniversaire, ça fera rire longtemps les parents, pas elle qui n'aime guère qu'on rappelle ses colères, et je la trouve admirable d'audace. Elle déteste les fruits, elle adore le chocolat, elle en vole parfois chez les voisins, elle apostrophe les inconnus, amuse les adultes, prépare des plats dans les flaques, elle dit « la gouillasse », elle invente des déguisements dans les tissus, des cabanes dans les cartons, elle brasille les ennuis. Elle peint des maisons énormes à côté d'arbres fleurs. Elle n'a pas mes effacements, la démonstration ne l'inquiète pas, ses joies sont aussi bruyantes que ses revendications, souvent je pense qu'elle est le soleil et moi la lune, son petit satellite nocturne.

Je comprends en l'écrivant que je peine à l'envisager sans nous comparer, alors que je n'aime pas ce ballet que chorégraphient souvent les sœurs, qu'elles se copient ou se jalousent, je nous veux différentes, dans la fable de notre fusion (est-ce que je l'invente ? la vit-elle avec la même intensité ?). *Jamais jamais séparés*, fait une chanson que nous aimons – et nous sautons sur notre lit trampoline jusqu'à élastiquer nos corps en pantins fous. On ne connaît personne, même ceux qu'on connaît par cœur ; des gens on ne perçoit que l'écorce. Je ne sais pas qui elle est sans moi, dans quels espaces énigmatiques elle réside quand je ne suis pas là. Lorsqu'elle les lave, ses cheveux noirs brillent tant que je peux me voir dedans et ses yeux sont les seuls miroirs où j'aime me regarder. Je suis la moitié des filles, je saurai plus tard que cette identité est une distinction. J'ai bien le temps de l'apprendre. Pour l'instant, elle est mon enfance, je suis son adolescence. À nous deux nous sommes l'âge entier, les filles en un seul bloc, solide et complet.

Nous sommes deux, presque plus des enfants et le monde est notre ami. Le temps résonne au futur, il est un long tapis roulant qui n'attend que nous pour se mettre en marche. Nous sommes puissantes, pas tellement inquiètes. Personne ne lui fait signe pour la presser d'en profiter. Personne ne se lève discrètement pour me prévenir. Aucune parole amicale pour me chuchoter que nous fabriquons juste un passé. Nulle voix pour m'avertir : tout s'évaporera sauf la petite valise rouge. Ces choses-là n'arriveront pas puisqu'on ne les dit pas. N'arriveront pas puisque nous sommes les filles et que nous dansons, maladroites vitamines, sur *Pop Corn*.

# Adolescence I

Nous sommes deux, ils ne savent rien de notre univers et le monde est grillagé. Vivre, c'est se cogner aux barrières. Je suis au collège depuis trois ans, à l'orée de la ville, elle patiente encore à l'école primaire du village. Depuis que j'y suis, j'évolue en milieu hostile. Le territoire scolaire est une jungle close où les faibles claudiquent, une vase où les isolés se noient interminablement. Le collège s'appelle Albert-Camus ; on dit qu'on est à Camus et ça ne veut pas dire l'absurdité de la vie, l'Algérie déchirée sous le soleil colonial, ça ne veut pas dire littérature à cigarettes en noir et blanc. Ça veut dire enfermement.

Ça commence dès l'aube. Le car de ramassage scolaire passe à 6 h 55 devant la fontaine de notre village. Je ne le prends que le samedi matin, les autres jours de la semaine notre père me conduit, allumant sa première Gauloise avec le moteur de son break, c'est un entre-deux de discussions tranquilles, nous écoutons la radio, un peu avant l'arrivée il y a l'éditorial de Jean Boissonnat. Les matins de car, j'aime la marche qui sépare notre maison de la fontaine ; l'hiver il faut s'emmitoufler pour combattre le froid glacial de ce coin d'Est ; au printemps, dans les premiers rayons du soleil, les oiseaux chantent, j'accorde ma voix à la leur et je leur envoie mon cri, après quelques secondes de silence surpris ils me répondent, nous nous parlons, ça ressemble à un sursis, on pourrait se raconter quelques minutes de liberté pieds nus. Après avoir dépassé l'église et la mairie, reste à parcourir une petite descente jusqu'à la fontaine qu'enveloppe déjà le nuage des premières cigarettes, je rejoins les autres tête baissée. Je dilate l'instant pour arriver au tout dernier moment, surtout ne pas passer trop de temps à attendre le car, à côté mais jamais avec eux, trop visiblement isolée. La timidité est le ciment de ma solitude, une compagne étouffante.

Il semble que, depuis les bacs à sable, je tente de comprendre comment être dans le groupe. Une scène : j'ai cinq ans, ma mère me dépose dans une école que je ne connais pas, je dois y passer des tests pour évaluer ce qu'ils appellent ma précocité ; je suis assise dans un coin de la cour de récréation, en attendant que cela commence, deux ou trois élèves de l'école, sans doute mis au courant de la raison de ma présence, s'approchent. Ils me crachent dessus. J'apprends qu'avoir des facilités scolaires ne plaît qu'aux maîtres et aux parents. On me donne une année d'avance et j'ai du mal à trouver que c'est une bonne nouvelle. Je ne veux pas être différente, je rêve de normalité mais le rêver ne suffit pas. Ce n'est pas une souffrance, disons un étau, chaque jour.

Tous les adolescents (sauf les Parisiens, mais je ne le découvrirai que plus tard) connaissent la géographie du car scolaire : ne s'assied pas au fond n'importe qui. Les cinq ou six places de la dernière rangée sont réservées aux seigneurs de cette petite société, les garçons crâneurs et les filles à la mode. Plus on se rapproche du chauffeur, plus on descend dans la hiérarchie collégienne. Les premiers rangs sont occupés par les sixièmes, accrochés à leur cartable, ou par ceux qui, blêmes de honte, ont le mal des transports. Le reste des travées est, dans mon souvenir, un alignement de blousons muets, mauvaises coupes mauvaises couleurs, figés dans la peur aphone qu'un des caïds de l'arrière leur frappe le crâne en passant, ou pire : arrache leur bonnet dans un ricanement.

Passer inaperçue est la solution. Parfois se retrouver à côté d'une fille qui se maquille en cachette de ses parents, admirer son savoir-faire, chercher dans une ou deux phrases échangées une illusion de complicité – et le soir, trembler avec elle dans le car du retour pour qu'elle ait le temps de se démaquiller, sans quoi, dit-elle, elle se fera tuer par ses vieux, ils habitent aux HLM, ce sont des harkis, personne ne nous explique ce que cela signifie, je comprends qu'ils sont des Arabes mais pas tout à fait, tout le monde les aime bien. La plupart du temps, par la fenêtre embuée de nos respirations, regarder défiler le paysage en noir et blanc de cette campagne sans beauté, trop proche de la ville pour être rurale, trop éloignée pour être moderne. Il y a une ferme sur la nationale, ses tracteurs rouillés, son tas de purin et ses chiens sales, il y a des pavillons modestes, on les appelle des maisons Phénix, il y a une colline boisée et, déjà, les premiers préfabriqués de l'entrée de la ville.

Après différents arrêts pour récupérer les élèves, le car s'arrête devant le collège vers 7 h 30. Il faut attendre une demi-heure que la cloche sonne, dans le froid de la cour ou, les jours de pluie, dans le bruit effarant du préau. Les toilettes sont accessibles seulement quelques minutes par récréation. Ouvertes en haut et en bas, leurs portes ne protègent que symboliquement l'intimité. Il n'y a pas de papier, les lieux sont souillés, couverts de graffitis, les poubelles débordent de serviettes hygiéniques usagées et les derniers boxes sont réservés aux fumeuses. Un jour, une troisième est retrouvée inanimée dans l'un d'eux. On murmure, fascinés, le mot overdose.

Il y a les couloirs qu'on emprunte pour rejoindre les salles de classe, on s'y croise, s'y évite, s'y pousse. Il y a la cantine, qu'on ne connaît qu'en troupeau pressé, dans un brouhaha indigeste parfois troué de broncas lorsqu'un malheureux fait tomber son plateau. Nous mangeons très vite et la récréation qui suit est interminable. Souvent, elle se ponctue des bagarres des garçons, un attroupement soudain se forme, c'est une distraction que les surveillants dispersent avant le sang. Plus rares sont les combats de filles. L'excitation fait alors vibrer d'exceptionnel le goudron de la cour, on vient de tous les coins compter les points.

Un jour, c'est moi qui suis au centre du cercle postprandial. Une fille me tire les cheveux parce que je lui ai expliqué que c'est une bonne chose que sa mère attende un énième enfant : comme ils sont pauvres, ils auront plus d'allocations familiales (nos parents aiment bien nous expliquer le système de protection sociale). Je ne comprends pas ce qui déclenche sa violence, l'aide aux plus défavorisés est la fierté du modèle français. La fille s'en fiche. Elle est deux fois plus grande que moi, sa rage rajoute à sa force, elle pourrait me broyer, d'autant que je ne me défends pas. Lorsque la cloche de l'enclos sonne, me sauvant in extremis de ses grosses mains, c'est pétrifiée que je regagne le rang de ma classe : je découvre que la bienveillance peut blesser, le paradoxe me sidère. Je rejoins mon abri de silence, dans ma tête résonnent mille conversations, et la directrice du collège, une Alsacienne exilée dans notre région, passe en disant « Vous zêtes ranchés ? ». J'apprends ainsi, sans que cela soit nommé, que tout est rapports de force, que la politique est l'épaisseur invisible entre les individus, ce qui les lie et les éloigne.

Les bancs de la cour sont comme les derniers rangs du bus : ils n'appartiennent pas à tout le monde, certainement pas aux petites classes, c'est un privilège de pouvoir s'y asseoir, un autre d'avoir le droit de venir y bavarder. Je passe les récréations près du grillage, il nous empêche comme des animaux de nous répandre sur la nationale qui rejoint, là-bas, le centre-ville, dont nous ne sommes décidément pas. La clôture ne nous protège pas. Elle nous parque. Nous sommes sources de désordre, on nous maintient physiquement par les grilles et la police des surveillants veille, à qui plusieurs fois par jour, comme s'ils ne nous connaissaient pas, nous devons présenter nos carnets de correspondance.

Je suis présente physiquement et absente pourtant, au regard et à la préoccupation des autres. N'exister pour personne, c'est une nature, une cicatrice invisible mais une force aussi – d'espion. Du coin de la cour où je me tiens, appuyée à cette frontière métallique, je regarde s'agiter le monde : les filles se mettent du rouge aux lèvres, elles rient fort, les garçons ont les cheveux piquetés de gel et crachent d'énormes quantités de morve. Leurs corps ont l'air de savoir, comment parler, marcher, rire, insulter. J'ignore si c'est parce que je suis différente ou parce qu'ils sont différents, je les vois comme un bloc homogène, un banc de poissons nageant serrés dans un océan de codes que je ne maîtrise pas. À défaut d'en être, j'apprends à observer. Parfois des garçons plus âgés viennent garer leurs mobylettes de l'autre côté du grillage puis ils restent assis là, à fumer comme des cowboys, et ce sont des 103 SP. Si l'on était une fille à la mode, on leur ferait comprendre d'un coup de mascara qu'ils peuvent approcher. On se contente d'imaginer : ils sont des grands frères ou des amoureux, ils rient lumineux ; ils marchent, c'est certain, pieds nus sur le bitume, ils ont des cheveux jaunes et longs, un bandana est accroché à leur cou, la rue leur appartient, et ils nous tiennent par la taille.

Nous sommes deux, le monde est hérissé de rêves et de tessons mais depuis que le 33 tours est entré dans nos vies, quelque chose a changé. C'est imperceptible et personne ne s'en rend compte, pourtant je le sais. Lorsque je la retrouve, dans la bulle bavarde de nos fins de journée, lorsque enfin je peux cesser d'être sur mes gardes, lorsque enfin je suis chez nous, c'est-à-dire chez elle et moi, je lui raconte : tout le monde le connaît là-bas, les troisièmes essayent de fumer parler marcher comme lui, les filles écrivent « Manu » au marqueur sur les sangles de leurs sacs US, les paroles des chansons sont inscrites dans les cahiers de texte ou gravées à la pointe de compas sur les tables des salles de cours, certains parmi nous portent des santiags et des bandanas – et je peux, regarde ce miracle, être au collège et dire nous, et ce nous est plus que nous deux.

L'écouter, le savoir sur le bout des veines, constitue une identité, un passeport, c'est faire partie d'un groupe avant d'en connaître les membres, rejoindre un endroit où les autres ne sont plus des inquiétants mais des semblables. L'aimer, c'est devenir collectif. C'est appartenir à une terre de nous.

Je punaise sur le panneau de liège au-dessus de mon lit le billet du tout premier concert (si l'on exclut un égarement chez Chantal Goya lorsque j'avais six ou sept ans, et un spectacle donné dans une foire par Pierre Perret dont la chanson *Lily* est l'hymne familial : j'étais dans un groupe de danse contemporaine, nous devions en assurer la première partie sur l'estrade installée au milieu des étals du marché, vêtues de bikinis bariolés et de malaise prépubère, sur une chanson de Nazaré Pereira). Avril 1984, dans les rangées trop vastes du Palais des sports, le son grésille et se perd mais je m'en fiche pas mal. Il me semble que toute ma vie n'aura été qu'un tunnel d'attente pour arriver à ces quelques heures. Je chante, je crie, pendant plusieurs jours ma voix sera cassée et ça me plaira, de garder dans ma gorge la cicatrice de ce moment, j'applaudis ses jambes arquées et sa gouaille bandana, ses gros mots et ses tendresses, la foule unisson est ma meilleure amie et elle ne le sait pas. Nous l'aimons, alors nous nous aimons un peu. Ils sont comme moi, je suis comme eux, je touche le bonheur d'être une particule.

Nous sommes deux, nous sommes les filles et transgresser l'ordre est un vertige possible. Faire des blagues téléphoniques, on y colle notre petit frère, fumer tousser des cigarettes, des menthols ou des John Player oubliées par une copine de notre mère, voler dix francs dans son porte-monnaie, des bijoux en toc, des Mars et des Raiders dans les magasins du village, rallumer après l'extinction des feux, embrasser un Parisien en vacances, rêver sa langue des heures, brûler sa gorge avec la première ivresse d'un gin-fizz, c'est ce qu'on boit dans les romans de Sartre et Vian, escalader le grillage de la piscine pour un bain de minuit et rire pieds nus sur le chemin après qu'un voisin nous a piqué nos vêtements, nos culottes mouillées collent à nos fesses et nous cachons nos seins mais pas notre fierté. Vient le souvenir plus lointain d'un après-midi de maraude avec deux frères du village, je ne sais plus leurs prénoms mais le marbré de leurs joues est là, intact, le bleu lac de leurs yeux aussi, et l'odeur campagne de leur sueur un peu ferreuse. Avec eux, j'éprouve le délice d'en être, même un court instant.

Le reste du temps, j'attends que ma vie commence et l'attente dure longtemps. J'aime aller étendre le linge, les draps, au fond du jardin, et dire des secrets à l'arbre et aux animaux. On a débroussaillé les ronces et notre cabane n'existe plus. Pourtant elle est toujours là. Si je me poste les yeux fermés dans le coin du terrain, à l'endroit où nous nous écorchions aux épines, je sais d'instinct où sont ses limites, à quelle branche je me cognerai et où pousseront, au printemps prochain, les petites violettes dont je suce les pétales friandises. Comme si les heures passées à l'habiter avaient marqué à jamais la terre. Comme si les choses restaient après avoir disparu.

Depuis l'entrée en sixième, je suis inscrite dans un club de volley-ball. Je ne saute pas haut mais vois le jeu, l'entraîneuse me désigne comme passeuse et capitaine de l'équipe. J'aime l'odeur du vestiaire, dépouillé des timidités du collège, et quand nous nous réunissons, avant le match, en cercle serré pour meugler notre cri de guerre, mon cœur se gonfle de cela aussi : être un élément, avoir une place. Les filles s'appellent Cathy, Aurélie, Sandrine, Céline et Hélène, avec qui je partage ma chambre lors des stages d'entraînement. Hélène est spontanée et rieuse, on pourrait dire légèreté pour tout ce que le terme soulève de gracieux. Elle m'offre des cassettes sur lesquelles elle enregistre ses chansons préférées. Elle m'écrit « mon amour, ma joie, ma vie ». C'est la première fois qu'on m'écrit qu'on m'aime. Je conserve le morceau de papier, plié en quatre, dans une boîte en osier où je garde ce qui compte, photos d'identité, pesetas espagnoles rouillées, badges, souvenir d'un bracelet. Je cherche, en écrivant cela, les formules pour dire son importance, ce qu'Hélène fut pour moi. Les traits de son visage se sont effacés, mais pas l'idée de sa peau de blonde, le son de sa voix s'est gazéifié, mais pas l'intonation particulière qui offrait un tremplin à ses « bonjours », les scènes ont disparu, sauf une, que j'aimerais n'avoir pas vécue. J'essaye d'écrire Hélène et j'échoue. C'est comme la voir au fond d'un couloir : je la rejoins mais lorsque j'approche, elle s'évapore, elle pourrait n'avoir jamais été là et ce serait pareil, l'air n'a rien gardé d'elle, pas même une empreinte.

*Adolescence I*

La mémoire fait défaut et les mots sont trop étroits. Gaie, légère, lumineuse, audacieuse : les adjectifs ne rendent rien de ce qu'elle était ; une métaphore peut-être aiderait : un tournesol, une odeur d'été, une fenêtre ouverte ; ou alors inventer pour retrouver la précision vraie de ce qui fut. Il y aurait deux adolescentes, une brune une blonde, assises à l'étage inférieur d'un lit superposé, leurs jambes pliées dessinent des chevrons, elles sont en culotte, c'est après une journée d'entraînement, elles attendent qu'une douche au fond du couloir se libère, bientôt elles retrouveront le bruit enivrant du réfectoire ; elles sont dans le temps de l'attente, elles écoutent des chansons au walkman, elles mangent des petits gâteaux, il y a des miettes sur la couverture rêche du foyer d'hébergement, dans le couloir on entend passer des garçons en claquettes, c'est ce que mettent les sportifs après l'entraînement, elles diluent le temps dans une discussion, c'est comme un pépiement, une stratégie de patience, leurs cuisses sont fines et musclées, peau sèche odeur mate, parfois elles semblent être davantage leur corps que leurs sentiments mais ça ne dure pas plus longtemps que le bruissement d'une sensation ; la blonde soudain se lève, elle décide de faire sa toilette au lavabo, elle attache ses cheveux en queue-de-cheval, retire son tee-shirt et bientôt sa culotte, son amie la regarde du coin de l'œil pour comprendre ce qu'elles sont.

Il faudrait pouvoir attraper les images comme on s'empare d'une poussière volante (souviens-toi, nous soufflions sur les fleurs de pissenlit), les transformer en mots immédiatement, sans les passer au filtre de la pensée. Ce serait la seule manière de les garder dans leur entièreté précise, leur profondeur cachée, leur totale signification. Les capturer et les déposer intactes sur la page, voilà ce qu'il faudrait pouvoir faire. Mais c'est comme attraper un flocon de neige, ça ne se peut pas. Ou bien attendre que tout se dépose comme un limon et utiliser un outil d'archéologue : tout est écrit, partout sous les choses, ne reste qu'à fouiller, gratter le sol, écorcher les roches pour mettre les phrases au jour. C'est un travail de patience, il faut calmer le texte, qui comme un adolescent sent des mouvements tectoniques en lui, une force qui le pousse et le bride en même temps. Il voudrait s'exprimer mais trouve que personne ne le comprend. Alors il boude, pendant des heures.

Nous sommes deux, nous poussons comme des herbes de talus et le monde est politique. Je ne sais pas si c'est parce que l'occasion s'est présentée ou si cela correspond à un désir volontaire de célébrer la grande amitié des peuples européens : à l'été de ma cinquième, alors que je n'ai commencé à apprendre que l'anglais, mes parents me trouvent une correspondante espagnole (nous disons « corress »). Elle vient la première, j'irai l'année suivante chez elle. Elle s'appelle Ana, elle est blonde et ne sourit jamais. Nous n'avons rien à nous dire.

C'est quelque part vers Lerida, sous le soleil paella de juillet. Les journées sont longues, vaporisées de langueur, je vis essentiellement dans mon walkman, le temps est immobile d'ennui. Le père d'Ana a des moustaches de Plenel (mais je ne sais pas encore qu'Edwy Plenel existe), je ne me souviens plus de son prénom – Ramón peut-être. Il nous emmène d'un lieu à l'autre, espérant sans doute créer un mouvement entre nous, quelque chose qui attesterait l'Europe en marche. Ce jour-là, nous sommes dans une barque sur un courant anorexique que rien n'agite. Soudain il prend un air grave et se met à me parler en français. Il a quelque chose à m'annoncer. Son regard dit qu'il est désolé d'être le porteur de cette nouvelle. Mon ennui se fige, quelque chose va surgir. D'où viennent les événements pour accoster à nos rives ? Quels chemins a pris celui-ci pour me retrouver sur cette barque accablée d'été ? Le père d'Ana a-t-il ruminé tout le long du chemin, pour savoir quand, où et comment m'annoncer ceci ?

Les ministres communistes ont quitté le gouvernement Fabius.

Et les yeux atterrés de Ramón voudraient me consoler, ses yeux qui voient toutes les raisons et conséquences, qui devinent la portée historique de cette rupture. Il me parle de Mai 68, de Mitterrand, de l'Union de la gauche et du programme commun. Son français n'est pas mauvais, je le découvre.

Les ministres communistes ont quitté le gouvernement Fabius.

On dirait qu'il cherche à toucher en moi un endroit de complicité politique, à déclencher ce qui deviendrait une conversation. J'essaye de trouver un sens à ce qu'il présente comme une catastrophe. Marchais, sa tête de gangster, Fabius, le plus jeune Premier ministre que la France ait connu, Anicet Le Pors, son nom nous fait rire : je vois qui ils sont mais je ne trouve rien à lui répondre, juste un sourire plissé de soleil. Il faudrait être autour de la table de la cuisine, avec les parents. Entendre leur discussion, ils parlent toujours de l'actualité, cherchant chaque jour des points de désaccord pour alimenter leur match perpétuel. Qu'est-ce qu'elle en dirait ? Qu'est-ce qu'il en penserait ? Et les grands-parents ? Quelle note mettrait mon grand-père à cette information ?

Les ministres communistes ont quitté le gouvernement Fabius.

Je laisse Ramón à son désarroi. Sans eux je ne sais pas penser. Mon regard se noie dans le brun de l'onde molle. L'événement repart, piteux, dans la rivière plate, il a de l'eau jusqu'à la taille.

Lorsque je retrouve mes parents, ils n'en discutent pas. Je ne sais pas si l'événement n'a pas existé pour eux ou si j'arrive trop tard. Ils sont jeunes, les vacances avec leur bande d'amis sont une succession de fêtes, de barbecues et d'horaires oubliés sur la plage, les yeux verts de ma mère émerveillent tout, le sourire insolent de mon père rassure tout. Il y a une force un peu crâneuse ici, pas de raison de s'inquiéter que les communistes aient quitté le gouvernement Fabius. Personne ne parle du tournant de la rigueur, j'apprendrai bien plus tard que le père d'Ana avait raison, une rupture majeure s'était jouée l'été de mes treize ans, la gauche de gouvernement avait renoncé à ses idéaux en choisissant un chemin qu'on devait, devant d'autres barbecues, plus à gauche que les nôtres, qualifier de traître, déjà.

Ils sont dans une voiture, c'est l'autoroute. Depuis les autres voitures, on distingue une famille, deux adultes et trois enfants ; ils ont ouvert les fenêtres et du bitume se soulèvent des nappes de vapeurs floues. Si l'on entre dans l'habitacle, on entend le crachotis de la radio (et une fois, je me souviens, c'est *Hello papa tango Charlie* sous le vacarme brûlant de l'air qui s'engouffre), c'est un peu le bazar derrière, les parents demandent le calme, les enfants voudraient savoir quand on arrive, ou bien jouer aux devinettes. Devant, le père conduit, il allume régulièrement une cigarette brune ; la main droite de la mère est crispée à la poignée, le voyage pour elle est un kilométrage infini de dangers. À l'arrière les enfants ne sont pas attachés, ils explorent cette mince liberté en changeant de place souvent, ou alors ils s'amoncellent dans un tas énervé de transpiration. Et si l'on entrait dans leurs têtes, que verrait-on ? De quels espoirs habillent-ils l'été qui arrive ou s'en va déjà, avalé par l'obstination du moteur ? De quelles peurs tapissent-ils leurs pensées ? Les filles rêvent-elles à ce qui viendra ou sont-elles dans le remâchement doux des advenus ? Le garçonnet n'est-il que cette joie qui rougit ses joues ? Et leurs parents ? À quoi songent-ils, enfermés dans ces heures carrosseries dont nul ne peut s'échapper ? Il faudrait pouvoir le dire, pour être dans la justesse du moment, mais personne ne s'en souvient. Je vois nos pensées comme des milliers d'éphémères. À peine nées, elles s'échappent ; même pas formulées, elles se perdent. Elles habitent et dépeuplent l'instant dans le même mouvement.

Nous sommes deux, ils croient que nous sommes encore des enfants, et le monde est une alternance d'école et de vacances dont la mémoire est un magma où se mélangent aujourd'hui les dates, les années, les lieux. Nîmes, Normandie, Toulouse, Bretagne, Costa Brava, c'est la zone jaune fluo du début des années 1980. Elle nage mieux que moi, je perds le haut de mon maillot de bain dans les rouleaux d'un océan agité, nous sortons nos bras de la voiture et les hautes herbes fouettent nos mains, elle est amoureuse du prof de tennis, les femmes ont les seins brunis de soleil, les hommes sentent la sueur, mon walkman est autoreverse, je regarde en douce un long Hollandais, nous avons droit à une glace tous les deux jours, notre maison de location est cambriolée, les parents accrochent des casseroles à la porte d'entrée pour prévenir toute nouvelle intrusion, papa nous explique le contrôle des changes, au péage nous cherchons dans les voitures voisines les visages de deux frères prénommés Jérôme et Laurent que nous aimons en secret, nous mangeons des sardines grillées, les adultes se font des shampoings aux œufs, ça se termine en coquilles cassées et jaunes dégoulinant sur leurs crânes hilares, notre petit frère ne se sépare pas d'une raquette de tennis plus grande que lui, nos épaules sont dorées par le soleil et le sel dessine des ruelles sur nos jambes, je lèche mes poignets ; au bar de la piscine, contre deux pesetas, nous jouons à Pac Man : des fantômes nous menacent, jamais ne nous attrapent.

# Adolescence II

Nous sommes deux, nous avons peur du ramoneur et nous avons un ennemi. Il est borgne, il éructe, il ressemble aux ogres des contes. Un soir, c'est un événement, il est invité à *L'Heure de vérité*. Exceptionnellement, nous avons le droit de regarder la télévision, pour le début, « ensuite, au schlof ». Nous crachons sur la télé, me dicte ma mémoire. Sérieux, nous crachons sur la télé ? Au collège, un garçon essaye de me convaincre : il faudrait tuer les bébés arabes dès leur naissance parce qu'ils prennent le travail des Français. Ça se passe dans la petite cour du bas, devant la salle vitrée où nous faisons du sport et je ne sais ce qui me glace le plus, de son projet génocidaire ou de sa prétention à m'y associer. Je me demande s'il s'en souvient. Je googlise son nom, je vois qu'il habite aujourd'hui à trois kilomètres de notre village d'enfance et qu'il est fonctionnaire. Sur sa page Facebook, drapeau français en guise de photo de profil, la plupart des posts fustigent la présence des migrants, le trop d'impôts et la « bien-pensance ». Il a partagé une photo du groupe « Non à l'enseignement de l'arabe dès le CP ». Il pose avec sa fille, il est devenu chauve, il a une bonne tête de quadragénaire. S'en souvient-il ?

C'est pratique, un ennemi. Il érige un mur infranchissable et ses outrances dessinent notre territoire en miroir. Grâce à lui, on sait qui on est. La politique se résume à être contre ce qu'il pense, ça marche à tous les coups. À ceux qui nous traitent de naïfs, nous répondons par un haussement d'épaules. Ils sont minoritaires et nous savons que nous avons raison.

Nous ne sommes pas baptisées et ne mettons jamais les pieds dans une église (sauf une fois, déguisées en filles, mariage chantilly et pluie de riz). À ma demande, et dans un but purement intéressé – les récits de communion me fascinent lorsque arrive l'acmé du déluge de cadeaux –, j'ai assisté, vers huit ans, à un ou deux cours de catéchisme. Il s'agissait de remplir des grilles de mots croisés avec les noms de Jésus et des siens. C'était moins drôle que ce que j'avais imaginé, j'ai laissé tomber la religion.

Nous n'envions pas les croyants, nous les plaignons d'être si faibles qu'ils ont besoin de béquilles irrationnelles. Nous ne croyons pas en dieu mais d'autres prières se disent autour de la table ronde où nous prenons nos repas. Les parents répètent les seuls credo de la maison : les droits de l'homme sont notre patrimoine, l'égalité l'objectif de tout. Personne ne songe à relever qu'ils constituent juste une croyance comme les autres, qu'on ânonne sans y réfléchir, prières laïques qui ne se questionnent pas. Puisque liberté égalité fraternité sont écrites partout, liberté égalité fraternité existent. J'apprendrai plus tard qu'on appelle cela un dogme, et je prendrai conscience qu'il n'y avait guère plus de rationalité ici que dans les sornettes du catéchisme, mais pour l'heure, dans cette sociabilité paisible des années 1980, dans notre milieu qui est en tout moyen (ni ville ni campagne, ni pauvre ni riche), c'est si facile, si doux, si confortable d'être français. Le monde entier nous admire pour ce que nous sommes ; par trois mots gravés sur les pierres républicaines, nous flottons au-dessus des peuples, nous sommes les Lumières, c'est une immanence rationaliste, de quoi être calmes et tranquilles pour les siècles à venir.

Mitterrand est le président de la France, ça s'est inscrit sur l'écran en strates de pixel par la grâce d'un mystérieux Cédeuzi Honèwellebulle, et comme nous sommes de gauche, nous sommes dans la satisfaction de présider la France. La joie des parents et de leurs amis, ce soir-là, est inoubliable, leur ivresse en bulles alors qu'un orage menaçait le jardin. Nous pensons, puisqu'ils le disent, que les inégalités seront combattues et les plus faibles tenus en considération.

Une anecdote nous enchante : notre mère avantage ses élèves arabes (mais nous ne disons jamais arabes, c'est une insulte ; pas beur, le mot n'existe pas dans notre village ; maghrébins, nous disons, ou travailleurs immigrés), elle leur accorde quelques points en plus à leurs dictées et exercices de maths pour compenser les inégalités sociales dont ils sont les victimes. Une autre histoire nous fera rire longtemps : ma sœur, pour ne pas avouer qu'elle a perdu ou troqué une paire de baskets neuves, dit que c'est Mohamed qui les lui a volées. Impunité pour lui, par charité républicaine, nouvelles baskets pour elle, par réparation du dommage subi, l'opération est vertueuse. Personne ne songerait alors que victimiser, c'est abaisser, qu'aider c'est se grandir. Être de gauche semble se résumer à cela : secourir les plus malchanceux, répartir les richesses, compenser les injustices. On pourrait dire bienveillance, générosité, attention, altruisme. Les racistes sont les seuls que nous ne plaignons pas. Notre tolérance ne va pas jusque dans le marécage de leurs peurs. C'est étrange, si j'y pense. Étrange et aveugle.

Les grands-parents de mon amie du collège vivent à Paris, nous prenons un TGV orange pour aller passer quelques jours chez eux, avenue de l'Hôpital. Quand on a quatorze ans, prendre le train seule est une aventure sans crainte. Je me souviens de la teinture noir corbeau des cheveux de son grand-père et de l'étroitesse de leur appartement, ce paradoxe : un si petit endroit dans une si grande ville. Les Parisiens vivent à la fois plus petit et plus grand que nous. Nous profitons du séjour pour nous rendre dans les locaux d'une toute nouvelle association dont nous avons entendu parler. La rue des Petites-Écuries est étroite et animée de gens que nous ne voyons jamais chez nous, des couleurs, des odeurs, des étoffes, toute une vie que nous voulons défendre et c'est notre fierté d'en être qui grimpe l'escalier jusqu'à l'appartement biscornu qu'occupe l'association. C'est étrange, ici encore, un si petit lieu pour une si grande cause. Nous achetons dix badges, mains jaunes Touche pas à mon pote, elles coûtent cinq francs chacune. Si nous avions des amis, nous leur offririons. Notre bande n'est qu'imaginaire mais nous redescendons l'escalier avec les badges épinglés à nos blousons (un autre dit « la France c'est comme une mobylette : pour avancer, il lui faut du mélange », je l'adore), ils nous désignent, nous flattent et nous relient : nous serons les premières du collège, nous inventerons une autre manière d'être à la mode. En rentrant à la maison, je donne un badge à ma sœur, l'antiracisme est ce que nous sommes. Apprendre plus tard que l'opération SOS Racisme a été inventée par calcul politique dans les bureaux d'un pouvoir socialiste intéressé à exciter l'extrême-droite ne fanera pas rétroactivement la sensation de l'enthousiasme. J'écris « Slimane » sur mon cahier de textes. Je connais les paroles mieux que moi-même. *J'm'appelle Slimane et j'ai quinze ans, j'aime c'qu'est cassé, j'aime c'qu'est détruit, j'aime surtout tout c'qui vous fait peur, la douleur et la nuit.*

Nous sommes deux, nous sommes nées sous le signe de l'Hexagone, et le monde nous intéresse.

Avec le chanteur aux cheveux jaunes, nous apprenons la banlieue, madame Thatcher, la Palestine, les enfants de Soweto, de Bhopal ou de Dublin. Il est notre école sur un voilier.

Être préoccupé par des questions d'adulte, c'est appartenir à un espace plus large que soi. Je regarde les informations, je lis les journaux « de gauche » (tout est de gauche ou de droite) auxquels la maison est abonnée ; dans ma chambre je lutte contre l'Apartheid, la guerre et le racisme, j'affiche Mandela, Boris Vian et Arthur Rimbaud sur mon mur en liège – désormais, nous avons nos chambres, et elle vient le soir habiter la mienne avant de dormir. Il y a aussi la fossette de Sandrine Bonnaire dans *À nos amours*, la marinière de Charlotte dans *L'Effrontée*, *L'Écume des Jours*, Marguerite Duras ronchonnant contre son Goncourt, le concert Band Aid vu dans un pub de la petite ville anglaise où je suis en immersion linguistique, et *l'Éthiopie meurt peu à peu* (nous disons « peu-tapeu » en singeant les chanteurs mains sur leurs casques) ; il y a un sac U.S. et des Adidas montantes, deux bandes bleues encadrent une bande rouge, un sweat bicolore manches chauve-souris – c'est un mélange d'autodidacte et de soufflé par la cour de récréation ; il y a une paire de santiags turquoise, obtenue de haute lutte, comité de libération de la santiag ; il y a brûler du regard mais pas un mot au blond yeux verts, rêver un grand frère jambes maigres et moto, se protéger dans le cuir de son blouson ; il y a n'avoir peur de rien.

De rien, merci.

Lors de la fête de fin d'année, pourtant, lorsque, jouant la mort de Gavroche, elle s'écroule sur la barricade en ne chantant que d'un souffle, un poignard crève mon cœur – de terreur.

Nous sommes deux, nous sommes la vie à venir et nous décidons : elle sera comédienne et moi journaliste, à nous deux nous dirons la planète. Elle s'achète une casquette de Gavroche, ses yeux sont des calots noirs, j'ai l'impression qu'ils brillent d'une puissance mystérieuse. Nous imaginons sans cesse l'an 2000, il n'y a pas de crainte, juste l'excitation d'un monde amusant et nouveau. C'est une curiosité que nous avons, une fraîcheur d'avant la nostalgie. La téléportation aura été inventée, nous pourrons habiter le monde entier, la chance que ce sera, de tout connaître. Nous apprenons des termes, nous les aimons bien, ils sont le lexique du monde moderne, bye bye Cognacq-Jay : prise péritel, serveurs, télécommande, connexion, VHS, forward, rewind, compact discs, décodeur…

La radio est le bruit de fond familial. Elle accompagne nos petits déjeuners (Albert Simon fait rouler les airs de la météo et papa l'imite : il fela beau sul le leste de la Flance), nos déjeuners (et notre mère préfère Europe 1 à France Inter qu'il remet toujours parce qu'il déteste la pub) nos goûters (c'est le Hit-Parade) et nos déplacements en voiture. Elle est la baie vitrée sur le monde, bien plus que la télévision, qu'on nous interdit presque toujours, sauf pour le journal (choc pétrolier, chômage, Afghanistan, Iran) et *7 sur 7* (Chirac, Mitterrand, Giscard). Aux fêtes de l'école, on fait jouer aux enfants de fausses publicités. Le dimanche soir, après être rentrés de chez les grands-parents, nous prenons un bain et dînons d'un chocolat chaud tartines de beurre devant *Stade 2*, des amis des parents sont là. Chaque jour, elle regarde en cachette *Santa Barbara* et se précipite jusqu'au poste de télévision pour le couper dès que nous entendons notre père faire trembler la porte du garage. Je passe des heures au téléphone, tirant le fil jusqu'au plus loin du couloir pour qu'on ne m'entende pas. À 20 h 30 (on dit huit heures et demie), après le journal télévisé, nous devons monter (sauf une fois où ils viennent nous chercher pour regarder un film, c'est *La Grande Vadrouille*). Avant de nous coucher, nous nous retrouvons, salle de bains, chambres, c'est comme se parler à soi-même, il n'y a pas de barrière, pas d'autre, pas d'eux, ce ne sont pas des retrouvailles, plutôt une reconnexion. Nous sommes deux, le monde nous infuse et nous sommes un monde.

Maman écoute toujours des disques très fort sur l'électrophone en bas – Carmina Burana, Concert for Bangladesh, Leonard Cohen – mais nous avons dans ma chambre une chaîne énorme, presque un buffet. Il y a les chansons des disques que nous achetons, rarement, il y a les chansons de la radio, nous les copions sur des cassettes, face A face B, mille fois réenregistrées. Chez mon amie du collège je rencontre Boris Vian, Barbara et Reggiani, chez mon amie du volley j'apprends Gainsbourg, Lavilliers, Jonasz, Cabrel, Higelin, Thiéfaine et je les ramène comme des trésors, je les étale sur son lit, nous tapissons nos chambres de posters géants et de photos ; sur nos murs, l'univers s'affiche en flaques de papier brillant. Chaque soir, elle s'amuse à nous faire la météo, vacillant sur le matelas, indiquant sans les regarder les têtes de nos stars où se forment des dépressions et des anticyclones. Elle est très professionnelle, surtout dans les mouvements capillaires.

Je ne sais plus quand le Minitel est arrivé à la maison. Mais je me souviens qu'il est dans la mangeoire, à côté de nos manteaux, cartables, bazars, et qu'on est dans les tout premiers à en posséder un. Je ne sais plus quand l'ordinateur est arrivé. Mais je me souviens qu'il est sur la petite table en bois clair, à côté de la porte d'entrée, qu'il s'agit d'un Amstrad et qu'on y programme des jeux de tennis rudimentaires et le dessin d'une tortue en langage logo. Je me souviens de notre première console de jeux, une Atari, nous jouons à Pole position, un jeu de course automobile. Je me souviens aussi d'un soir où notre père rentre du travail avec une grande nouvelle : ils ont, avec les collègues de son bureau, gagné au tout nouveau Loto sportif ; grâce au gain (15 000 francs, c'est une somme) nous allons acheter un caméscope. Je n'ai pas d'autre souvenir de mon père heureux à l'idée d'acheter quelque chose. Pour lui, l'argent, même honnêtement acquis et nullement hérité, n'est qu'un mal nécessaire, la consommation toujours un peu honteuse, l'étalage de niveau de vie une faute morale ; « cela ne me cause ni plaisir ni déplaisir », répondra-t-il plus tard à ceux qui lui demanderont s'il est content d'avoir désormais une résidence secondaire et nous en rirons, nous, les restants. Mais acheter le caméscope, j'en suis sûre, lui fait plaisir à ce moment-là, peut-être parce qu'il a remporté un pari sur des résultats de matchs de football (mon père aime jouer, et surtout gagner). Le fossile de cet instant est plus qu'une joie mercantile, et pour toujours dans mon cerveau désormais : le lien entre les matchs de foot et nos sketches vidéo.

Je ne crois pas que nos parents aient une seule fois mis leur œil à la caméra, elle devient notre jouet. Nous nous filmons en plans fixes pendant des heures, à imiter ceux qui nous font rire ; nous tentons d'interminables travellings musicaux dans la maison ; nous enregistrons notre petit frère qui raconte des histoires et danse sur Michael Jackson ; plus tard elle réalisera avec ses amis de lycée des courts-métrages et notre frère à son tour usera la caméra jusqu'à ce qu'on doive la barder de scotch pour en faire tenir l'œilleton. Subsistent des heures de films tremblotants aux couleurs criardes et aux sonorités pénibles, elles sont conservées sur de toutes petites cassettes longues comme nos paumes.

Certaines d'entre elles, gondolées de nos fous rires, disent un autre endroit de nous, il s'appelle les repas de famille. Ils sont peuplés quelques fois par an des oncles et tantes, des cousins. Retrouvailles tapageuses, je ne saurais dire combien nous sommes à table (et je refuse de compter, je ne m'oblige pas aux soustractions à venir). Mais notre grand-mère maternelle est là, ses pommettes illuminent son visage, son rire emporte sa vie de pauvreté et de malheurs enchâssés. Elle rit, et c'est l'héritage qu'elle constitue pour nous : la joie, dès que possible. Ses enfants tonitruent, boivent, dansent, chantent, se disputent, s'embrassent, pleurent. C'est une marmaille adulte incroyablement remuante. Ils sont boucher, secrétaire, gendarme, ouvrier ou aide-soignant. Ils font un peu peur, nous les adorons parce qu'il y a en eux quelque chose de mal élevé qui nous exauce – et au milieu, s'agitant comme une reine punk, notre tante Christiane est la plus vivante de tous.

Les tables de nos repas de famille, désormais, me semblent à trous.

Je ne sais pas combien de temps ces films se conserveront. Je me demande ce qu'ils disent de nous, d'elle. Les regarder aujourd'hui fait monter les larmes : ils sont trop longs et maladroits mais nous sommes drôles, jeunes et en vie.

Ils sont trop longs mais si courts.

Nous sommes deux, l'adolescence est notre sérieux, et le monde est colère. Un pylône de janvier à la sortie verglacée d'une boîte de nuit, Hélène meurt et personne ne me dit que le chagrin se décuplera, que grandir consistera aussi à accompagner les cercueils des aimés. Ce sont les premières funérailles, elles lacèrent. En rentrant, je plastifie de scotch le petit papier où mon amie m'a écrit « Mon amour, ma joie, ma vie » et le glisse sous le plastique cristal d'une de ses cassettes dont je jure de ne jamais me séparer (elle est toujours dans la petite boîte en osier de ma chambre d'adolescente, je l'ai vue l'autre jour). J'écris un poème écorché, il s'appelle « Je hais les pylônes » – et c'est vrai. Ça commence peut-être là, l'écriture. Là : dans l'incompréhension de l'absence brutale, dans l'abandon de l'abandon.

Les soirs de peine, je murmure dans ma tête les paroles de *P'tite conne, tu voulais pas mûrir, tu tombes avant l'automne juste avant de fleurir.* Il les a écrites pour les damnés des samedis soir, c'est certain qu'il les a écrites pour elle, qu'elle se nomme Hélène Louvet – son nom entier – ou Pascale Ogier. Ma sœur entend mon chagrin muet, elle fait des grimaces dans le miroir de la salle de bains désormais carrelée de blanc (et maman a peint un voilier à la Toffoli sur la céramique) pour appeler notre rire. Il est notre arme. Nous l'apprenons dans les Gotlib de notre père, nous sommes la coccinelle, nous le polissons dans les albums de *Mafalda*, nous sommes Mafalda, nous l'augmentons avec les Nuls, nous sommes Bruno Carette. Maladroites, nous blessons parfois. On nous dit moqueuses. Ça redouble d'éclats dans nos joues. Il nous semble que l'impertinence est la plus belle des qualités, nous ne pressentons pas le piège du rire cynique qui abrase tout. La dérision n'est pas encore le naufrage de notre génération, qui se noiera dans le tous pareils rien n'est sérieux tout est ridicule, mais une force que nous découvrons chaque jour, et un seul plaisir, rayonnant : rire de bon cœur. Quand nous rions, nous sommes les filles. Pierre Desproges est notre Coluche. Sur le mur des toilettes de la maison, nous écrivons « L'œil du sourd est normal », ça nous fait mourir de fierté.

Nous sommes deux, nous sommes des élèves et on pourrait parler d'une ronde. Elle entre à son tour au collège Camus et je fais mes premiers pas au lycée Louis-Pergaud, un énorme établissement planté au bout d'un boulevard sans charme. Je connais le quartier, un peu. Autrefois, quand nous habitions encore la ville, nous allions déjeuner ici avec les parents, alternant la cafétéria du supermarché Rond-Point, près du bowling, et la cantine de Lip. L'usine est la fierté poing levé de la ville, on nous raconte qu'ici les ouvriers ont, peu après ma naissance, tenté une expérience nouvelle, c'est une légende, l'autogestion, et je n'y comprends pas grand-chose, sinon que nous sommes condamnées à porter des montres militantes, grosses et rouges, quand tous les autres crânent avec les cristaux liquides de leur Casio de communion. Et puis cette idée, une sorte de regret, celui d'être nées trop tard, après les événements qui jalonnent les récits mythologiques des parents. Flotte parfois dans l'air une très légère impression : le plus beau n'est pas à venir, il a eu lieu, avant-hier.

## *Adolescence II*

Depuis peu, les couettes ont remplacé les couvertures. Mon lit est ma grotte, un palace minuscule où je me cache pour lire et faire mes devoirs en écoutant la radio. Je ne sais pas ce que l'oreiller a gardé des ruisseaux d'imagination qui sont nés là. Le papier peint n'est plus de radis roses mais de nuages blancs sur fond bleu ciel. Tu t'allonges, tu fixes un point sans cligner des yeux et ça vient. Toujours ça vient. Un lacis de chemins translucides, fins comme les veines des feuilles du printemps, apparaît sur le mur. Ce sont des fils de soie, une matière précieuse et cristalline, ils dessinent des sentiers qu'il faut voir sans les regarder, dans la transparence de tout, ils t'emmènent loin du village, dans une vie où tu as toutes les vies. Tu es Rosa Parks, assise bien droite sur une place de bus réservée aux blancs, tu es une chanteuse pop, acidulée et grave, ta jupe est courte et tes jambes longues, tu es l'avocate de grandes causes, les puissants te craignent et ils ont raison, tu es une révolutionnaire jetée en prison par un régime fasciste et tu organises la mutinerie, tu es Simone de Beauvoir, ton turban est ta couronne, tu es l'amoureuse de tous les amoureux et tes chagrins d'amour sont délicieux comme dans les romans. Tu es un chanteur énervé mais quand même très très tendre, ta popularité est immense et des centaines de briquets font des océans de lucioles à tes concerts.

Les heures de rêverie, que deviennent-elles quand on s'en échappe ? Elles imprègnent les murs et les plafonds, s'y gravent à l'encre secrète, elles sont pareilles aux souvenirs : glissées sous les choses. Chaque maison, chaque sentier, chaque arbre est couvert de ces couches invisibles, on peut bien poncer les enduits et arracher les écorces, elles ne disparaissent jamais vraiment.

Nous sommes deux, nos corps ont changé et elle se souvient de tout. Rien ne varie dans nos routines. Le soir se raconter, plonger dans sa gaieté, s'écouter, vautrées sur un lit. Elle emmagasine mes anecdotes, en fait des pelotes, je ne sais pas quelles histoires elle se tricote avec mais plus tard, souvent, elle me surprendra en prononçant soudain, si possible sans rapport aucun avec la conversation en cours, le nom d'une camarade oubliée ou d'un professeur enfoui. Lorsqu'elle me rejoint, mon lit devient scène. Je m'assieds par terre et je la regarde, ses spectacles nous projettent ailleurs. La réalité est trop petite pour elle, elle ne s'y résoudra jamais. Elle est tous les personnages et chaque voix, je suis tous les publics. La comédie est sa manière de vivre toutes les vies. Ma sœur est la fiction entière. C'est la vive mélodie des premières danses. Elle nous va bien, je crois que nous sommes jolies.

Elle a acheté le premier disque de Renaud, nous avons l'impression d'un trésor rare, elle chante *Écoutez-moi les Gavroches*, et puis *Rita donne-moi ton cœur, Rita donne-moi ta main, Rita donne-moi ta sœur, Rita-a-a-a, nous partons demain* et son rire cascade de faire grésiller si haut sa voix, son rire que ma mémoire a conservé incroyablement pur. Son rire est un glacier andin, un vestige vieux de mille ans – et un visage d'enfant pourtant.

Au lycée, et l'on dit « au bahut », nous sommes nombreux, quatre mille, venus de toute part, certains de si loin qu'ils ne peuvent rentrer chez eux le soir. Derrière la longue barre où s'alignent les salles de classe se trouve une cour plantée d'arbres et encadrée par les bâtiments de l'internat et du réfectoire. Il y a une cafétéria, on dit « la caf' », gérée par les élèves, où nous prenons un mauvais jus de café dans un brouhaha de musique et de conversations estompées. L'administration nous identifie par notre numéro de classe et notre statut alimentaire : il y a les externes, que nous connaissons peu, les demi-pensionnaires (ou « demi-pencos ») que nous sommes presque tous et les internes, qui sont les seigneurs du lieu, puisqu'ils en connaissent les nuits et les petits déjeuners, ça leur donne une assurance et des droits qu'on devine, cachés sous le règlement.

Je me demande ce que nous aurions répondu si on nous avait interrogés sur l'identité nationale. Un éclat de rire ? Un regard vide ? Ce que nous sommes alors : un groupe d'individus identifiés par leurs goûts plutôt que par des identités héritées. Les mots « musulmans » et « juifs » n'existent pas hors de nos manuels d'histoire. Il y a le dessinateur, ses traits sur le tableau du préau tiennent la chronique de notre petit monde, il y a les musiciens, le groupe du lycée s'appelle Les Cochons hargneux et leur tube est *Twist à Tchernobyl*, il y a les hardos, ces garçons en vestes en jean neige qui se jettent par terre dans les couloirs en criant « Megadeath », il y a aussi les intellos, qui traînent livres, longs manteaux et regards tristes, les délurées, qui savent s'habiller jolies et changer de bouches à embrasser, il y a celles qui travaillent leur chevelure en coques spectaculaires, il y a les habitués du bar Le Potache, flipper et laits fraise, il y a les rockeurs, ils ont des perfectos et plusieurs anneaux plantés dans le lobe gauche, il y a les new wave, ils crêpent leurs cheveux et se noircissent les ongles, il y a les paysans, fiers de leur accent et de leur résistance à l'alcool, il y a les babas cool, foulards mauves à n'en plus finir, il y a les étranges, admirés autant que craints, il y a quelques fils à papa mais peu de bourgeois et peu de très pauvres : nous sommes la classe moyenne, mélangée et indistincte. Nous sommes des périphériques mais cela ne nous affecte pas, il n'y a pas de centre, juste des bordures sur lesquelles nous tanguons, nous nous moquons bien du centre. Nous sommes des milliers de débuts, il y a des histoires d'amour sous les arbres.

Un garçon, fort comme une montagne, cherche patiemment l'endroit où je me cache. Il est une des figures de la petite communauté lycéenne, apparaissant souvent sur le tableau du dessinateur. Il a une manière spéciale d'occuper l'espace, avec ses cheveux un peu longs, ses lunettes à la Lennon, son cache-poussière beige et ce pas de propriétaire qui n'appartient qu'aux internes. C'est une distinction de devenir son amie. En cours, il me fait lire ses poèmes et je pense qu'il les écrit pour ma voisine, je trouve qu'elle a de la chance, pendant des mois je trouve qu'elle a de la chance. Nous partons en classe de neige. Je comprends que les poèmes m'étaient destinés. Dire ce que cela bouleverse ne se peut pas vraiment, on ne raconte pas les frissons et la chaleur qui monte du ventre. Une nuit, nous nous échappons du chalet où la classe fête son adolescence un temps libérée des contraintes scolaires. Il fait très froid dehors, tout est neigeux, la glace scintille sous nos pas et dans ses bras il fait très chaud. Notre premier baiser est la première phrase d'un roman. Sous la douceur de nos langues naissent des promesses que l'on tait.

La Montagne est différent de tout ce qui se connaît. Il se perd des heures dans des randonnées bleutées de romantique, il sait le ciel, les arbres et les poètes. Il aime le lyrisme du rock, le basket américain et les noms aux sonorités amusantes, tout à coup il dit Rory Gallagher, Tom Novembre, Darie Boutboul, Lew Alcindor, Walid Joumblatt, Ari Vatanen, Jaco Pastorius, Muggsy Bogues. Quand il trouve que quelque chose est beau, il s'exclame « kind of superbous ! ». Il aime prendre des douches en plein air et rouler vite sur les routes de montagne. Il accroche un large anneau à son oreille gauche et porte une amulette berbère autour du cou. Il sait toujours ce qu'il pense, il a des colères admirables et des enthousiasmes qui me soulèvent, je garde ses chuchotements dans un petit coffre en bois. Je le trouve étrange et son étrangeté est mon premier voyage. Avec lui, le futur ne fait pas peur. Il devient mon abri et le labyrinthe à fouiller. Il est à la fois un ailleurs et un ici. Nous sommes les amoureux de tous les livres. Je dis à ma sœur : il ne pense pas comme nous mais tu l'aimeras comme je l'aime. Ils se seront aimés comme des frères.

Avec ma Montagne, je rencontre des amis. Ils dessinent mon nouveau territoire, une carte de lacs et de sols herbeux où s'allonger pour parler en regardant le soleil. Ma solitude se sent moins seule. Il y a un cahier que nous nous passons pour nous écrire. Il est recouvert d'un protège-cahier bleu, nous l'appelons la maison du bonheur. Pendant trois ans, il sera le greffier des confidences quotidiennes de notre petit groupe. Je l'ai gardé, il est dans l'armoire que j'ai héritée de mon grand-père. L'ouvrir aujourd'hui, c'est nous découvrir en inconnus. Mon écriture est ronde et colérique, j'avais perdu le souvenir de cette rage. Comme si les essentiels d'alors s'étaient estompés au bénéfice des secondaires, les vagues où nous nagions ont été englouties par l'océan qui les voyait naître et s'essouffler. Je parcours le cahier bleu et mes mots ne me ressemblent plus. Un jour, j'ai écrit et encadré : ambiance merguez.

Nous sommes deux, nous portons des Doc Martens coquées, elle me copie et l'automne est révolte. J'oublie un peu Renaud sauf avec elle, et nous écoutons *Un Olympia pour moi tout seul* ; ma préférée, parce qu'elle a l'intransigeance et la mauvaise foi de la colère, s'appelle *Bordel où c'est qu'j'ai mis mon flingue*. Depuis le printemps, gouvernement Chirac, cohabitation, Pasqua, Pandraud, Nous allons terroriser les terroristes, trente-cinq députés FN à l'Assemblée : nos ennemis sont revenus, leurs voix grasses, rien de doux. Un ministre à Paris a décidé d'une réforme dont nous ne voulons pas. Devaquet au piquet, on dirait que son nom a été choisi pour nos slogans. Sait-on précisément pourquoi l'on manifeste à quinze ans ? Contre une réforme ou pour créer un bruit nouveau qui nous enivre ? Si l'on sondait les mains qui se lèvent pour voter le blocage du lycée, on trouverait peut-être autant de raisons que d'élèves, on lirait comme dans les troncs des arbres les strates millénaires qui conduisent un jour un individu à se joindre à un groupe pour exiger qu'on l'entende, je crois que l'on verrait cela : une longue lignée d'humains, venue des premières cavernes, ils se redressent, ils relèvent la tête, ils ne veulent dépendre de personne, ils disent « je », nous murmurons « nous ».

Sous le préau, chaque matin, nous nous asseyons en rond. Des dessins à la craie sur le tableau nous haussent hors de l'enfance, il y a des autocollants, des banderoles et des harangues, nous n'avons plus besoin de marchepieds, les adultes ne nous comprennent pas et cela suffirait à justifier un tour d'honneur. Nous créons quelque chose, et ceux qui disent que nous réinventons l'eau tiède ont oublié l'excitation prétentieuse des premières fois, le sang frais et indomptable qui pulse de ça. Et nous votons la grève, et nous votons la manifestation, et nous votons le bruit. Je ne sais pas combien de temps dure le mouvement mais ce mot, mouvement, brille comme du mica. Je pourrais toucher, si elle était palpable, la sensation : exister unique et nombreuse, brisure d'une molécule complexe et liquide, agrégat de colères et d'impatiences qui déferle et inonde la ville de ses cortèges. Nous élisons un délégué pour nous représenter à Paris, c'est le plus étrange d'entre nous. Le soir à la télévision, nous voyons que la France entière est une manifestation lycéenne.

Et Malik Oussekine meurt.

Des policiers à moto l'ont chassé jusqu'à une cour d'immeuble, ils l'ont frappé, notre colère brouillonne devient révolte insubmersible. Nous sommes nombreux, nous sommes dangereux, nous sommes l'événement, nous les ferons plier. Que garderons-nous de cette force ? Nous ne doutons pas une seconde que tout restera. Nous sommes l'instant. Il faudrait pourtant graver sur nos poings ces moments d'intensité politique, traces de doigts sur les vitres à ouverture manuelle, fraîcheur des langues au matin, buée de nos cris, confiance scarifiée sur nos joues. *Mauvais sang* est notre film préféré. *Soyons désinvoltes, n'ayons l'air de rien*, chanterons-nous bientôt, ça vient.

# Adulte I

Nous sommes deux, nous sommes bientôt majeures et les murs se lézardent. La fête du bac est un adieu joyeux aux limons de l'enfance. Elle se déroule dans une grande bâtisse en rénovation de la campagne, tous sont là, les étranges, les rockeurs, les punks et les filles spirituelles dont tout le monde veut être l'ami. Il y a des litres d'alcool, il y a des couples, il y a une jeunesse qui devra vieillir pour savoir qu'elle le fut, il y a l'été des possibles. En rentrant, à la fin de la nuit, nous nous perdons. La campagne est noire, l'asphalte brun, mes veines font circuler l'ivresse du passage vers l'autre rive. On pourrait y voir un signe : errer sur ces routes, c'est saluer une dernière fois les forêts drues et le ciel franc qui m'ont vue grandir. Je ne pense à rien de spécial, je fixe la ligne blanche pour ne pas m'endormir et je guette les panneaux pour retrouver le chemin de la maison.

J'ai hâte de partir d'ici. En septembre je serai à Paris. Dans les articles où elles parlent de leur parcours, Anne Sinclair et Christine Ockrent disent avoir fait Sciences Po et l'école de journalisme. Femmes et journalistes, elles tracent un chemin, je veux le prendre. Écrire cela me semble étrange aujourd'hui, je les vois désormais comme des figures néo-nobiliaires, mais dans le brouillard de ces années, elles sont les seuls phares. Nos parents sont aussi surpris que perplexes : nous ne connaissons personne dans ces milieux, ils s'inquiètent un peu. La conseillère d'orientation tente bien de tempérer mes espoirs, « les grandes écoles ne sont pas pour toi, les gens d'ici vont à l'université, tu pourras ensuite passer des concours administratifs », je tiens bon : Paris fait partie du plan. Le garçon fort comme une montagne veut les mêmes études ; nous partirons ensemble, nos doigts tressés.

Paris, pari, partir, partis.

Sans le dire nous faisons le pacte de grandir ensemble.

Je ne me souviens pas de nos au revoir. C'est l'été de mes dix-sept ans, celui où nous fêtons ses quatorze. Nous n'avons pas pris de photos, ou bien elles se sont perdues. Nous prenions peu de photos alors, graver les instants n'importait pas. Je rentrerai tous les quinze jours, mon sac plein de linge sale. Après un rapide salut aux parents, nous irons dans sa chambre, ou la mienne. Et pareil, tout pareil. Rien n'aura vraiment changé. Comme si autour de notre bulle tournait un univers destiné à nous fasciner, divertir, alimenter.

Notre chronique est désormais reliée par la ligne de chemin de fer, elle ne s'arrête jamais, nous y intégrons les nouvelles figures : ses copines du collège, les gens que je rencontre à Paris. Nous sommes deux, nous sommes les filles et notre monde est un fabuleux manège de personnages. Je ne sais plus si date de cette période l'habitude de nous laisser des lettres sous nos oreillers. Elle écrit « ma sœur » sur l'enveloppe, j'écris « sœurette ». J'ignore ce qu'est devenue cette correspondance, l'a-t-elle gardée, qu'en ai-je fait ? J'ai le souvenir entaillant de mots d'amour, tu me manques, bientôt nous serons ensemble à nouveau, je te promets. Les ai-je jetés ? Il faudrait, peut-être, que je les cherche.

Je dis Paris, mais les deux premières années, nous vivons, ma Montagne et moi, en banlieue. C'est un studio au premier étage d'un immeuble sans charme, il donne sur la Nationale 20, celle qui promet le Sud aux Parisiens. Depuis le canapé-lit, la nuit, nous voyons passer des voiliers sur des camions, leurs gyrophares de convois exceptionnels stoboscopent une poésie de macadam dans un vacarme d'autoroute. Tout brille de nouveauté, le studio de la Nationale 20 est le palais de nos élans. Le premier hiver est marqué par une grève si longue que le gouvernement affrète des véhicules militaires pour conduire jusqu'à Paris les banlieusards privés de transports en commun. Nous y grimpons hilares, nous sommes les personnages d'une comédie politique.

Vivre ensemble : manger des raviolis en boîte, potasser jour et nuit, écouter la radio et de la musique, aller au parc, téléphoner depuis la cabine du coin de la rue, s'inventer des surnoms fusionnels, découvrir la capitale en impressionnistes, ne penser qu'à demain, se trembler sur le bout des doigts, et recommencer.

Nous sommes les filles, nos parents sont les Trente Glorieuses et les possibles sont à portée de nos mains. Depuis les premières tables de multiplication, on nous explique que si nous étudions, nous y arriverons, que travailler permet de s'élever, quelles que soient les situations et les relations de nos familles. La belle école de France, nous dit-on, est la blanchisseuse des inégalités. La méritocratie a remplacé une autre -cratie, celles des héritages à particules. Nous ferons mieux que nos parents, qui eux-mêmes ont fait mieux que les leurs : si l'on se donne la peine, la République, avec son grand air, tiendra ses promesses. C'est ainsi qu'arrive, petit tambourin mesquin, l'idée que réussir sa vie ne dépend que de soi, et que, puisqu'elle est possible, la réussite est obligatoire. Est-ce une chance ? Une injonction faussement libératrice ? Pour l'heure nous ne savons pas que l'obligation de se réaliser laissera certains d'entre nous sur le bas-côté et que les concours sont une souffrance autant qu'une chance. Si on veut, on peut, nous répétons-nous – entre deux crises de spasmophilie.

Plusieurs mois après la rentrée scolaire, je reçois une lettre de mon grand-père ; son écriture fine couvre entièrement la feuille, jusque dans les marges, il m'explique comment me rendre en métro de notre studio à l'école. Il a écrit au crayon, pour que je puisse effacer et réutiliser le papier. Je l'imagine à son bureau de directeur penché sur un guide de Paris, suivant de la mine les lignes des transports, calculant à la minute près le temps du trajet. Il ne m'aura pas dit que ce chemin serait troué d'ornières, le savait-il ?

Pour aller à Sciences Po, il faut prendre le RER puis le métro. La rue Saint-Guillaume croise le boulevard Saint-Germain, c'est un coin de la ville bien rangé, qui ne nous ressemble pas, où nous ne serons jamais que des invités un peu gauches. Nous n'avons pas les codes de cette société dos droits. Je découvre qu'il y a plus privilégié que moi, que certains savent en être depuis la naissance. Leurs regards, leurs chaussures et leurs voix pointues créent en moi un sentiment contradictoire : le complexe (ils sont supérieurs) et le mépris (ils n'ont aucun mérite). Parfois, quand le leur, de mépris, est trop ostensible, je nous imagine sur un ring, pour un match opposant Inné et Acquis, Nature et Culture, Héritage et Apprentissage. Ils sont la bourgeoisie, presque une noblesse, nous la découvrons. Ils disent des mots comme « chandail ». Nous les décrétons de droite et leur simple existence nous renforce dans notre identité – de gauche.

Apprendre consiste à comprendre que rien n'est simple. La connaissance est comme un tricot qu'on déferait ; nos professeurs sont les plus forts pour décortiquer un mécanisme économique, un engrenage géopolitique, un comportement social. Ce qu'ils martèlent, dans les amphis de bois ciré ou au sein de conférences de méthode saturées d'odeur de sueur, a le bruit d'une déconstruction systématique : la réalité est plus complexe que ce que nous en devinions, et si le manichéisme, jumeau de l'idéalisme, est l'ennemi du pensant, le relativisme est son ami. Parfois un murmure chuinte à mon esprit : à quelle idée s'accrocher si tout est si fragile ? Si je ne les chassais pas, s'installeraient une intuition, un vertige-paradoxe : plus nous comprendrons le monde, moins nous saurons quoi en penser.

Quand je rentre le week-end, je me rue dans nos vieilles habitudes, elle, moi, les amis du lycée, un petit bar sur les quais de la rivière, une cave rock où nous dansons, et notre mère attend notre retour au milieu de la nuit pour préparer un gâteau au chocolat. Nous voulons croire que rien n'a changé, même si les copains nous traitent de premiers ministres, être partis à Paris est pour eux une trahison. S'ils savaient combien nous ne nous sentons pas chez nous là-bas. Il y a encore des repas de famille, François Mitterrand est toujours président, *Tonton laisse pas béton*, il a des airs poudrés de vieux roi, Michel Rocard invente le Revenu minimum d'insertion, ce n'est plus l'espoir naïf de la Bastille mais après le dessert, nous poussons les assiettes et nous chantons toujours en levant le poing *Lily* et *Le Chant des partisans*, nos timbres vont bien ensemble et maman fait la double voix. Le dimanche après-midi, souvent, après avoir plié le linge propre et refait le sac : le cœur gonflé de larmes.

Nous sommes deux, nous ne sommes jamais séparées longtemps et tout s'apprend. Bientôt, au détour d'un cours, un professeur parle de Pierre Bourdieu. Capital culturel-domination-habitus-distinction, il nous offre des outils pour nous penser. Je découvre que des mots existent pour nommer l'impalpable. J'en oublie la plupart sitôt le cours terminé mais pas celui d'habitus : c'est comme une peau, un impensé toujours présent, l'on est d'où l'on vient même lorsqu'on n'y est plus. Il y a sous nos comportements une sous-couche d'enduit social, une manière de se tenir, de parler, de rire qui nous ancre, qu'on le veuille ou non, dans un milieu. L'habitus, c'est ma grand-mère qui me tire par la manche. La faune exotique des Parisiennes bien nées est un terrain d'observation parfait pour traquer les habitus. Même à moitié nues dans les vestiaires d'après sport, je sais les distinguer, rarement me trompe.

Plus tard, quand elle me rejoint à Paris, nous épuisons les nuits à débattre des déterminismes sociologiques, que nous percevons comme une fatalité indépassable et menaçante, une main invisible qui nous dirige et nous empêche. Elle se rebelle contre ces assignations héritées : l'individu peut, dit-elle, et ça l'énerve d'avoir même à le dire, construire sa vie comme il l'entend. Liberté contre société, individualisme contre holisme, passion contre raison, nous réfléchissons à tâtons pendant des heures, et puis quelqu'un sort un jeu de tarot, nous rangeons les questions et nous distribuons les cartes. Elle dit « Play Zézette », nos rires ont la fougue des baisers.

Nous sommes deux, nous n'avons pas vingt ans et nous venons d'un monde qui déjà n'existe plus. À Tian'anmen, Prague ou Berlin, des foules se lèvent, un homme défie un char, des statues sont déboulonnées, Lénine casse son nez de pierre, une jeunesse nuques longues déferle, c'est comme une vague, les murs craquent, se fissurent et tombent. Il y a un étourdissement à écouter en continu le bruit du vieux monde qui s'écroule. On vient à peine de nous enseigner la Guerre froide, les deux blocs, la glaciation soviétique, le monde bipolaire, le fatalisme de ça, que tout se déchire de liberté. Nos grands-parents ont connu la guerre, nos parents Mai 68, nous aurons à traverser la fin de l'histoire.

Ai-je réellement vécu cet instant où tout a changé ? En ai-je vraiment fait partie ? Bien sûr, les dates attestent de la concomitance de ma vie et de cet événement-monstre. D'où vient alors la sensation tenace de ne l'avoir qu'à peine côtoyé ? Je me rappelle une phrase attrapée au vol à l'entrée d'un amphi : certains partent à Berlin vivre cet historique printemps de novembre. Pas moi. Je viens d'un terreau paysan où l'on ne sait pas voyager, prendre l'avion est rarissime, traverser les frontières ne s'improvise pas. Je pense que mes grands-parents n'ont jamais été à l'étranger, excepté ma grand-mère maternelle qui a connu la Tunisie low-cost dans un car plein de son groupe du troisième âge – ils se surnomment les Tamalou. Avec mes parents, nous avons été en Espagne, en Italie, en Tunisie. J'y ajoute des séjours linguistiques (Espagne encore, Angleterre, Irlande). Le monde reste étroit.

Dans notre studio nous n'avons pas la télévision mais une nouvelle station de radio, France Info, nous raconte : le mur éventré, les coups de pioche, le violoncelle, il suffit d'escalader, il suffit d'ouvrir les grilles, de marcher, il est possible de pulvériser le c'est comme ça. Je me souviens, des heures entières dans le cocon de la fin décembre à écouter les reportages sur la chute des Ceauşescu, l'excitation de suivre en direct un procès aussi historique qu'expéditif, la stupeur d'entendre les rafales qui les exécutent, les détails qui rendent fou, elle collectionnait les chaussures (à moins que ce ne soit Imelda Marcos). Je m'enivre autant du contenu des reportages que de l'idée même qu'on puisse être reporter.

L'été suivant, nous partons en vacances à l'Est. Dachau, Salzbourg, Vienne, Brno, Prague, c'est comme visiter le siècle finissant. Sur un pont de Prague, un mendiant tend sa coupelle aux touristes. Une amie de nos parents ne peut réprimer ses larmes, elle dit « voilà ce que donne le capitalisme, ils n'ont même plus de quoi se nourrir ». S'engage un débat dont j'ai oublié les détails mais pas la conclusion : les convictions durent plus longtemps que la réalité – et je ne sais pas si c'est une mauvaise ou une bonne chose.

1989, j'ai à peine dix-huit ans, est-ce que je saisis vraiment que rien ne sera plus comme avant ? Ils disent « nouvel ordre mondial ».

Je ne me souviens pas.

Je ne me souviens pas si j'ai compris tout de suite.
Je ne me souviens pas des disques que nous écoutions alors.
Je ne me souviens pas si en m'endormant je pensais plus à l'avenir ou au passé.
Je ne me souviens pas de la couleur de mon manteau.
Je ne me souviens pas du prof qui nous a parlé en premier de « la fin de l'histoire », ni si nous nous sommes dit qu'il était ironique que, pour une fois que nous vivions un moment historique, on décrète aussitôt la fin de l'histoire comme pour nous en priver.
Je ne me souviens pas de ce qu'en pensait mon grand-père.
Et mes parents, ce qu'ils en disaient, je ne m'en souviens pas.
Je ne me souviens pas de ce que nous mangions le dimanche midi.
Je ne me souviens pas si j'avais peur, et de quoi.
Je ne me souviens pas si j'avais un manteau ou un blouson.
Je ne me souviens pas si nous avions l'intuition que l'histoire – avec sa grande hache – n'avait pas dit son dernier mot.

Je ne me souviens pas des films qui passaient au cinéma.

Je ne me souviens pas si j'étais optimiste.

Je ne me souviens pas de mon premier vote.

La somme de ce que j'ai oublié constitue une montagne effrayante, son ombre glacée recouvre le maigre butin que le tamis à larges mailles de ma mémoire a conservé. Ça serait si facile si je me souvenais de tout. Je n'aurais qu'à brancher mon esprit sur le stock de mémoire et retranscrire. De ces heures historiques ne restent que des lambeaux évanescents. Pour les raconter à mes enfants, il me faudra les coudre aux clichés, aux légendes, à l'emphase et à la généralité. Personne ne conserve les archives des sensations. Jamais je ne pourrai leur transmettre précisément ce qui fut ressenti lorsque des inconnus, à l'Est, firent changer le cours des choses et, en clôturant une histoire, firent entrer dans nos vies une idée jusqu'alors méprisée : le passé.

Je me demande par quels chemins l'époque, ce bain chronologique dans lequel le hasard m'a fait tremper, a infusé mon intimité, de quelles glaises elle aura modelé mon existence. Les événements paraissent résonner au loin, leurs échos font pourtant trembler nos murs. Je me vois à un carrefour, ce que je suis vient tant de l'autoroute mondiale que des sentiers familiaux. Ou alors non : je suis une maison. Les briques sont familiales et le ciment qui les cèle est social (ou l'inverse). Voilà, je suis une maison au milieu d'une autoroute.

Nous sommes deux, nous sommes colocataires et nos fêtes sont drôles. Depuis qu'elle étudie à Paris à son tour, nous partageons le même appartement, à l'avant-dernier étage d'un immeuble ancien. Convoquer cette période, c'est s'éblouir d'une lumière d'été. Le quartier où nous vivons est celui où j'étais venue acheter les badges Touche pas à mon pote. Ce n'est pas par goût que nous avons choisi cette rue sans charme, ses dizaines de pigeons sales, ses primeurs orientaux, ses silhouettes modestes, ses effluves monde entier, ses drogués et ses clients égarés sur le chemin des filles de la rue Saint-Denis, mais parce que les loyers y sont accessibles. Ici est un coin de ville qui n'intimide pas, où se croisent mille histoires ; c'est là, dans cette masse floue de déplacés que je deviens une Parisienne rive droite. J'ai déménagé plusieurs fois depuis, mais jamais loin des pièces ensoleillées de la rue de l'Échiquier. Lorsqu'il m'arrive d'y repasser, c'est l'odeur qui me prend dans ses bras. Ça sent les épices et les matins lessivés, ça sent la ville et le ciel métallique, ça sent nos vingt ans.

Après les pigeons, il faut dépasser les étals de fruits et légumes et prendre la première à gauche. La porte de l'immeuble a des airs crétois. Prendre l'escalier A tout de suite avant les boîtes aux lettres, parfois un drogué est assis à l'entresol, ne pas s'inquiéter, il se repose. Au quatrième étage, reprendre son souffle et, sur le palier, tendre l'oreille pour attraper les bribes de notre vie, elles sont restées ici depuis toutes ces années. Comme des vapeurs de pétrole, elles virevoltent dans la cage d'escalier, elles passent par les fissures, sous les huisseries, elles dansent autour des ampoules et, glissant sur les marches cirées, elles chantonnent un air facile et entêtant.

La porte de l'appartement est bleue. Elle n'est pas fermée. Je nous regarde depuis le seuil avant d'oser entrer. Il y a deux petites pièces carrées, en enfilade. Dans la première, un canapé et une table basse encombrée de journaux. La suivante, légèrement décalée, est meublée d'une table ronde autour de laquelle ils sont assis. Si j'enlève mes chaussures, je sentirai le piquant du sol recouvert de coco. De larges fenêtres sont ouvertes, on entend la violoniste de l'étage en dessous travailler son instrument. Les filles sont brunes, elles portent les mêmes vêtements, un ensemble chinois, pantalon et veste de toile bleu marine sur débardeur blanc, elles ont piqué l'idée à une amie à qui elles trouvent un chic incomparable. Aux pieds, elles ont des ballerines en toile, ou des sandales à talons compensés. Elles ne sont pas maquillées, à peine un trait sur les yeux. Autour de leur cou, chacune a accroché une chaîne où pend une discrète améthyste, la même, et elles ne savent plus laquelle a copié l'autre. Ils ont déjeuné, c'est l'heure du café, elle s'étirera jusqu'au dîner. Ils appellent ça le concept du café-clopes. Les filles imaginent sérieusement (la plus jeune surtout) en proposer un jour une déclinaison à une station de radio. Ils hésitent encore : belote, yam's ou tarot ? Les garçons sont leurs deux amoureux, aucune barbe n'ombre encore leurs sourires ; le plus jeune rêve en secret d'être chanteur, il connaît toutes les chansons du répertoire ; le plus âgé, fort comme une montagne, a découvert l'histoire depuis peu, il garde dans une boîte en carton qu'il a confectionnée des centaines de fiches en bristol où il a résumé les principaux événements et personnages des deux derniers siècles, la boîte est son trésor, il ne s'en sépare jamais.

*Adulte I*

Tout à l'heure, des amis passeront, leur appartement est le plus grand et s'y retrouver est facile. Chacun a son surnom, c'est pour rire et pour se défaire peut-être de l'uniformité de cette génération où tout le monde s'appelle Isabelle, Nicolas, Christophe, Sophie ou Fabrice. Ils sont un morceau de jeunesse, pas toute la jeunesse. Ils ne connaissent pas les endroits de la ville où les natifs s'amusent, leur préférant l'intimité des premiers intérieurs. Depuis qu'ils se sont rencontrés, ils se sont inventé des routines de déracinés : provinciaux sans attache dans la capitale, ils la voient comme le merveilleux décor du long-métrage qu'ils écrivent. Ils expérimentent ici des choses que leurs parents ignorent, ils frottent leurs rêves à leurs lampes suédoises et des génies en sortent pour leur promettre que tout ira bien. Ils sont si heureux d'avoir trouvé des semblables qu'ils n'ont pas besoin de se le dire. Ça se lit dans les lettres qu'ils s'envoient, dans les cadeaux qu'ils se font, et ce sont des albums, des journaux qu'ils fabriquent pendant des jours.

Ensemble, ils ont l'audace de s'imaginer plus grands qu'eux-mêmes ; si l'on ouvrait leurs cerveaux, on lirait des ambitions qui laissent perplexes leurs parents, fonctionnaires, artisans, ou petits chefs d'entreprise, elles s'appellent journalisme, recherche, cinéma, écriture, comédie, chanson. L'un d'entre eux a lu les livres, vu les films et compris le théâtre. Chaque dimanche, il prépare un déjeuner chez lui (ils disent qu'ils brunchent), cuisinant de vrais plats pour ses amis, et ça sent bon jusqu'au soir ; dans sa chambre, il y a un gros ordinateur sur lequel il écrit, puisqu'il sera réalisateur et écrivain et dramaturge, et que personne n'en doute. D'ailleurs, il vient de gravir les escaliers et il entre dans l'appartement, il dépose une bouteille de vin sur la table, ils s'assiéront par terre dans le salon, on mettra de la musique, on boira de l'alcool, on commandera peut-être du chinois ou un mezze, on discutera de choses essentielles qu'on oubliera aussitôt, commentaires d'actualité, nouvelles des uns et des autres, on évoquera les prochaines vacances, le gîte qu'on louera, on se demandera si la sodomie est de droite ou de gauche, on organisera la cérémonie annuelle des Oscars de l'amitié, et il y aura trop de catégories, on jouera encore longtemps aux cartes en écoutant des disques. C'est une autre famille, qui croit, comme toutes les familles, qu'elle est un serment. On finira par chanter, c'est sûr qu'on le fera.

Ils sont les enfants d'après 1968 et cette identité les façonne et les creuse en même temps.

Sans les luttes de leurs aînés, ils ne connaîtraient pas cette liberté dont ils ont à peine conscience. Tout héritage, aussi précieux soit-il, est une charge ; le poids de celui-ci les écraserait presque. Leurs parents ont cassé l'ordre ancien, ils ont obtenu la pilule, l'avortement, la liberté de s'aimer et le droit à l'insolence. Ces combats ne sont plus à mener. Eux sont de la génération d'après. Déliés des coutumes et des interdits, libres mais seuls face à cette liberté, ils sont détachés, comme des pollens éparpillés dans le vent. Il y aurait des causes à embrasser, pourtant (et embrasser ça leur plaît). Ils tremblent des premiers désirs au moment où un virus trame de mort les draps des amants, les discriminations les indignent, mais ils se méfient des partis, des syndicats, des églises, de tout ce qui ressemble à une organisation. Ils ne s'engagent pas, ou si peu.

Reste l'amitié, le groupe les identifie, les protège et les projette ; leur lien est un fil qui unit l'insouciance à l'inquiétude, la seconde rend plus précieuse la première. Ils sont des promesses. Ils parlent souvent des enfants qu'ils auront, ils s'imaginent des familles fluides, ils comprennent qu'homosexualité n'est pas stérilité, que le désir d'enfant ne naît pas toujours du désir amoureux, que leurs familles d'enfance ne seront pas leurs familles d'adultes. Ils pressentent qu'il faudra du courage et de la persévérance pour préserver la légèreté. Fin de l'histoire, joie éternelle de l'individu postmoderne, vraiment ?

Plusieurs fois par an, leurs appartements dansent jusqu'au bout de la nuit. C'est un autre rituel, avec ses obligés, *Papa was a Rolling Stone*, et la Montagne passe ses jambes au-dessus des chaises, *Total eclipse of the heart*, et ils imitent l'accent anglais, *Joe le taxi*, et l'une d'entre eux a exa-cte-ment la même voix que Vanessa Paradis. Ils beuglent, mais c'est pour rire, *Génération désenchantée*. Ensuite, quand les sacs-poubelle sont pleins des gobelets en plastique et des assiettes en carton, les filles font les folles dans leurs lits – alors j'ai huit ans, et l'odeur de sa peau, toujours piquetée de petits grains ronds, est mon ours en peluche. Je me souviens : dans son cou, sous la peau fine, son artère apparaît en transparence ; je me souviens : ses oreilles ont les lobes doux ; je me souviens : son rire fait un roucoulement puis une petite détonation avant de cascader. Je me souviens : elle, vivante.

Nous sommes deux, nous sommes dix, et nous ne ratons aucune soirée électorale. Assis par terre devant la télévision, chips saucisson fromage pistaches, notre petit groupe vibre dans les dernières secondes du compte à rebours, nous sommes impatients, nous voudrions dans les urnes aussi la fin du vieux monde, vite, et nos commentaires couvrent les analyses des sachants. Aucun de ceux que nous voyons à la télé ne nous ressemble, à nous d'imaginer des arrimages. Toujours nous ferons ça : accepter l'offre, même maigre, et la parer de nos idéaux pour la rendre désirable. Ma Montagne adore décortiquer la carte électorale. Je n'ai aucun souvenir d'avoir eu conscience que la règle des 3 % deviendrait la geôlière cruelle de l'Europe, plutôt que l'on rigole en disant « Ma-a-stricht » à la manière de l'ogre des Guignols, et que nous votons oui au référendum parce qu'Europe, monnaie unique, an 2000 sont des mots qui vont très bien ensemble. Je ne sais plus si nous nous disputons déjà sur le vote utile. Le mercredi, nous nous lisons à voix haute la page 2 du *Canard enchaîné* et ça nous fait rire. Je me demande dans quel cerveau fatigué a pu naître l'idée que nous serions la « bof génération ».

*Nous nous sommes tant aimés.* Je ne connais pas ce film alors, ni la nostalgie, ce turban pour vieux un peu tristes. Lorsque je l'ai regardé, récemment, je nous ai pourtant reconnus. Est-ce que je réécris l'histoire ? Étions-nous moins beaux, moins heureux, que ceux que je vois dans le rétroviseur ? Où se cachent les sensations vécues ? Pour les retrouver, et nous avec peut-être, je tente d'avancer dans la forêt des mots, l'écriture au couteau, pas de lampe de poche, aucun abri de fiction. Derrière un rideau de roseaux près du lac, j'approcherai, si j'ai la chance du photographe animalier, le juste. S'il y a des trous, je tomberai ; si ce sont des racines, je trébucherai. Sur les cailloux, il y aura peut-être trace de ce qui nous a percutés. Mais les douceurs, où sont-elles ? Les pensées tranquilles ? Les félicités qui réchauffent le ventre ? Tout est liquide, coulé, évaporé, avalé par les nuages.

Nous sommes deux, nous avons des avis et la sociologie est la science du quotidien. Elle permet de comprendre les invisibles, les ordinaires, les coïncidences et les heureux hasards, c'est comme une science physique des sociétés. Elle est partout, à l'école, au supermarché, au fond des urnes, je la reconnais, je lui fais un petit signe discret, salut je t'ai vue, elle m'amuse et me rassure. Comprendre les autres n'est pas si difficile lorsqu'elle m'aide. Elle est même là où la peine bruisse, au creux d'un glacial après-midi de printemps. Ce n'est pas la paroisse de quartier où nous avons pleuré Hélène, pas les salles froides des crématoriums où je saluerai les miens, mais une église derrière l'hôtel de ville de Paris. Un de mes professeurs, trente-cinq ans, repose dans le cercueil. Je ne l'imaginais pas au repos, lui que je voyais comme un boxeur, écorché et sensible, un peu égaré dans un milieu trop grand pour lui. On chuchotait (ou nous l'avait-il dit ?) qu'il était le gendre de Jacques Chirac, mais nous ne lui en voulions pas. Ce sont les premières obsèques de droite auxquelles j'assiste. Il y a des officiels, quelques mantilles noires, les dos tristes de la famille, une sensation de malaise devant la foule agglutinée aux barrières et la pesanteur du protocole. Quelques jours auparavant, la gauche a perdu les législatives, les mâchoires carrées de nos adversaires et leurs vestes trop épaulées ont triomphé à la télévision et je les vois maintenant, serrées dans les toutes premières travées de l'église. Un homme des Pompes funèbres nous place, tel un ouvreur de théâtre, dans la nef figée. Un mois plus tard, je reconnais cet homme à la télévision : il officie aux adieux de gauche à un autre mort, suicidé au bord d'un canal, Pierre Bérégovoy, l'ouvrier devenu Premier ministre, accusé d'avoir bénéficié d'un prêt sans intérêt, et Mitterrand dira qu'on a livré son honneur aux chiens. Le métier de cet homme que je reconnais est d'ordonnancer les funérailles des puissants, préparer les espaces comme le thanatopracteur s'occupe des corps : dissimuler la violence, maquiller les coups, préserver l'ordre par le calme autoritaire de l'apparat. Je me demande ce qu'il raconte aux siens lorsqu'il rentre du travail. Il m'intéresse plus que tous les autres.

Nous sommes deux, nous vivons ensemble et les compact discs colonisent chaque pièce de l'appartement. Nous laissons les vinyles chez nos parents, bien serrés sous l'électrophone, bien rangés dans la petite valise rouge. Il n'y a que lors de nos fêtes d'été que nous les retrouvons, avec les amis, soudain agglomérés autour de notre enfance, et tout ce que nous méprisions nous égaye. Les tubes des années 1980 sont comme les yéyés de nos parents : des bonbons acidulés de nostalgie, des roudoudous qui nous niquent les dents.

Écoutons-nous Renaud hors de ces parenthèses où nous nous éclaboussons des gouttelettes de nos douze ans sur la terrasse de la maison ? Pas tellement, je crois. Nous ne sommes plus des collégiens. Un chanteur préféré n'est pas forcément le préféré des chanteurs. Peut-être qu'au fond j'aimais mieux les Clash ou Daho ou Gainsbourg ou Barbara mais Gainsbourg, Daho, les Clash et Barbara étaient inutiles dans l'économie de la cour du collège, nul ne les préférait. Personne n'écrivait « Dis quand reviendras-tu ? » sur son sac de classe. Un chanteur préféré est une carte d'adhésion à un groupe. Je l'ai aimé, vraiment. Et puis je l'ai laissé. Vient l'impression d'un compagnonnage abandonné, tant d'autres voix nous soulèvent, pas d'une trahison. Ça aurait pu être un jean, et ce livre raconterait quarante ans de la vie d'une femme à travers son jean ; évidemment elle ne rentre plus dedans aujourd'hui, il est trop serré, il la boudine, il la ridiculise, il la ringardise. Renaud n'est plus à ma taille. Il ne me va plus mais je le garde jusqu'à toujours dans mes placards.

Nous sommes deux, nous ne sommes pas tout à fait adultes et la vie est une répétition générale. Nous passons des heures à nous resservir du café en nous demandant ce que nous ferons plus tard. Il nous semble qu'il existe un mode d'emploi à découvrir pour réussir nos vies, comme si quelque part se trouvait un plan mystérieux en langage codé qu'il suffirait de décrypter pour faire les bons choix. L'angoisse est de rater nos vies, nous disons cela : il ne faut pas rater sa vie. Personne pour nous souffler que dix ans plus tard seulement, j'appellerai ces inquiétudes nos insouciances.

Du concours d'entrée à l'école de journalisme, je ne me rappelle que deux choses : le sujet libre, « Pour moi la vie va commencer », et les jours à réviser la chronologie et les orthographes du conflit rwandais. Je n'ai aucune conscience alors que le génocide, cette maladie-cauchemar des livres d'histoire, récidive sous nos regards complices de ne pas vouloir voir. Ce n'est que bien plus tard, en écoutant l'histoire de Valentine, enfant tutsie ayant survécu six semaines au milieu de centaines de cadavres, que je saisis l'ampleur pestilentielle de la catastrophe. L'émission s'appelle *Là-bas si j'y suis*, son titre dit bien mes décalages. Pourquoi faut-il toujours du temps pour comprendre l'événement ? Le massacre des Tutsis est-il le frère de la chute du Mur, le petit cousin des communistes quittant le gouvernement Fabius, un de ces événements qui nagent sous mes yeux mais que je n'identifierai que longtemps après qu'ils se seront noyés ?

Et quels sont ceux dont je ne distingue pas encore l'importance, ces tsunamis dont je ne perçois que des clapotis ? Je ne veux pas nager, je ne veux pas être le maître nageur, mais vigie du fleuve, envoyée spéciale au bord du courant. Je réussis le concours, j'imagine que nous fêtons mon succès – glaçons plongés dans le whisky coca.

À l'école de la rue du Louvre, pendant deux années, je m'entraîne à écrire. Un professeur dicte la ligne de conduite : il faut montrer, pas démontrer. Préférer les tâtonnements modestes et sensibles aux certitudes périssables des éditorialistes surplombants, ça me plaît. J'essayerai de m'y tenir. Montrer, pas démontrer ; donner à sentir plus qu'à penser ; écouter plutôt qu'asséner ; attraper les flocons de sensations plutôt que les blocs lisses de généralités. Aujourd'hui encore, je suis dans les détails que je ramasse comme des petites pierres pour donner du sens à ce que je comprendrai longtemps après. C'est une descente dans une mine pleine de roches sans valeur, il faut creuser, leurs poussières grattent la gorge, et même ces poussières il faudrait pouvoir les conserver ; un rail amène au fond de la grotte des wagonnets qu'il faudra charger pour ne rien laisser de ce qui semble sans importance, pour ne rien oublier de ce qui, un jour, dira tout. Je ne sais pas quand est née cette obsession conservatrice. J'imagine souvent ce que serait la Terre si tout était conservé, une asphyxie d'archives, un inarpentable musée. Tout garder est impossible, le temps efface, fait de la place pour les à-venir. Alors j'accepte l'oubli, je capitule. J'accepte même d'avoir oublié certains de mes oublis. Je dis j'accepte, pourtant ce n'est pas tout à fait vrai, je ne me résous pas totalement : un oubli après l'autre, j'avance, mais mes poches sont pleines de cailloux.

# Adulte II

Nous sommes deux, nous sommes provisoires et le monde ne nous attendait pas. Il ne reste aucun souvenir de mes premiers pas au journal. C'est comme une bande effacée, un film brûlé, la pellicule était de mauvaise qualité, ce qu'on y a enregistré s'est volatilisé, n'aura même pas tenu vingt ans. L'encre de nos imprimantes s'efface, nos e-mails ne se liront probablement plus sur les appareils d'après-demain, nos caves sont pleines de cassettes audio que nos chaînes n'acceptent plus, je sais tout cela, mais mon cerveau n'est pas numérique et mes amnésies m'intriguent. Cherchent-elles à me dire quelque chose ? Pourquoi ai-je oublié tout ce que j'ai oublié ? Pourquoi ne puis-je simplement raconter cette journée dont j'avais tellement rêvé ? Qui m'a accompagnée jusqu'à mon bureau ? Qui m'a expliqué comment fonctionnent le téléphone, l'ordinateur, le circuit des disquettes sur lesquelles enregistrer les articles, le fil AFP, le service, la rédaction ? Avec qui ai-je déjeuné le tout premier jour ? Comment étais-je habillée ? Aucune idée, tout est liquéfié dans l'immense lac qui s'appelle Mes années de journalisme et où nagent des visages, des noms, des numéros de postes, des sujets d'articles, certains d'entre eux crawlent élégamment jusqu'à la rive, ils ressortiront souriants, heureux que je les reconnaisse alors qu'ils se sèchent vigoureusement, d'autres couleront dans les eaux noires du rien n'a existé.

Et mon premier article ? M'en revient vaguement le sujet, un historien en proie à une attaque antisémite, je dois l'écrire avec un vieux journaliste, il ne prend aucune note pendant les entretiens que nous menons ensemble, ça me stupéfie, si peu de rigueur ou tant de génie, moi qui consigne dans mon cahier jusqu'aux silences de nos interlocuteurs. Je comprends quelques semaines plus tard que me faire travailler avec lui était une sorte de bizutage. J'aurais toléré bien pire pour les remercier de m'ouvrir la porte de ce journal-de-gauche qui est là, dans tous mes décors d'enfance, posé sur le bureau de mon grand-père, jeté sur les canapés, velours puis cuir, de mes parents. On apprend à déchiffrer syllabique dans le *Rémi et Colette*, Colette a coupé une tulipe rouge, on apprend à lire pour soi avec Boris Vian, Victor Hugo et Carson McCullers, on est Frankie Addams, et pour apprendre à lire la vie, il y a les reportages de Jean-Paul Dubois. Il est un genre d'orpailleur des non-lieux, il fouille les alluvions des stations-service, tamise les terres banales, les sèches, les légères et les gluantes, esquivant les tour-operators de l'information et cherchant l'actualité où elle n'a pas l'air d'être, dans les interstices des villes, sous les arbres, derrière les temps morts, partout où aucun journaliste sérieux ne songerait à mettre un orteil ; il fuit la comédie concave des conférences de presse pour aller décrocher le combiné d'une cabine téléphonique du Nevada que des gens du monde entier appellent, il ramène l'époque dans ses mains, comme l'enfant creuse ses paumes pour rapporter le plus de billes possible, et elle scintille de quelque chose de si vrai, on a parfois envie de pleurer.

Le bruit de l'entretien d'embauche dans les cavernes de ma mémoire a l'écho d'un calvaire. Je suis la fillette ayant insisté pour monter au plus haut plongeoir. Elle mesure qu'il est trop élevé pour elle mais elle grimpe à l'échelle. On pourrait dire tout aussi justement qu'elle la monte avec vaillance et crainte, les deux sont vrais, elle est l'exact alliage de la peur et de l'intrépidité. S'il fallait chercher des adjectifs, on pourrait dire qu'elle est cela : une froussarde audacieuse. Comme si sous ses timidités poussaient des désirs impossibles à étouffer, une herbe perçant le bitume. En haut du plongeoir, pourtant, l'enfant ne jouit pas de l'exploit, avoir surmonté la crainte, se lancer, se griser de l'ivresse du saut. Arrivée là, je ne suis qu'une peur sans maillot de bain. Quelques jours plus tard, un appel m'apprend qu'on m'attend pour commencer.

J'essaye de trouver le sentier pour décrire ce qu'est ce sentiment mêlé de familiarité et d'extériorité qui ne m'a jamais quittée de toutes mes années avec eux. Une rédaction est une petite communauté. C'est comme une ville, avec ses quartiers, ses places publiques et ses règles tacites. On appartient à un service et à un étage. Les habitants se croisent dans les ascenseurs, aux toilettes, à la machine à café et lors de rituels collectifs, organisés chaque semaine (conférences de rédaction, dites conf), impromptus (assemblées générales, dites AG) ou festifs. Chaque année la direction offre la galette des rois dans les salles à manger du journal, tout le monde s'y réunit, les reporters comme les administratifs, les chefs et les stagiaires. Pour une timide tendance sauvageonne, c'est une épreuve de mâchonner sa part de galette en priant pour ne pas avoir la fève, d'attraper une coupe de champagne en réussissant à ne rien faire tomber, d'être dans le groupe sans être sûre d'y avoir toute sa place. L'objectif est de trouver un endroit discret d'où observer la scène sans avoir à y participer vraiment.

Le propriétaire du journal est là, son sourire pastel et sa malice à la Sagan glissent de groupe en groupe. Le fondateur du titre passe une tête parfois, profil de pièce de monnaie, lenteur de majesté, intelligence cassante qui font croire qu'on côtoie quelques instants une sorte de seigneur antique. Autour d'eux tournoient comme des guêpes ironiques des grappes de personnes, dont aucune ne veut qu'on pense qu'elle est dupe de la comédie qu'elle interprète. Ils sont drôles, brillants, souvent flamboyants. Leur insolence est pourtant l'inverse d'une transgression tant le maniement millimétré de la dérision est la règle de ce monde. Il faudra gratter longtemps leurs peaux pour découvrir l'écorchure de chacun et comprendre que la rédaction est un amusant amalgame de personnalités imparfaites. Il y a les donneurs de leçons, les obsessionnels de l'enquête, les redresseurs de torts, les lécheurs de bottes, les phobiques du reportage, les dragueurs impénitents, les lâches, les jongleurs de mots, les angoissés de l'écriture, les aigris, les boulimiques de travail, les seigneurs du grand reportage, les faussaires géniaux, les ambitieux sans vergogne et les naïfs dénués de tout esprit stratège.

Ceux d'en haut ont beau laisser les portes de leurs bureaux ouvertes, ils constituent une sorte de club dont on ne saurait comment obtenir la carte. Je les vois comme de lointains cousins plus cultivés, plus chics que nous, des cousins qui sauraient jouer piano, tennis et bridge, des cousins qui ont lu tous les livres, compris tous les problèmes, ils voyagent loin des charters, ils connaissent tant de choses qu'ils doivent trier pour savoir ce qu'ils aiment, leurs femmes sont minces, elles glissent sur un invisible tapis roulant de couleurs claires, ils ne transpirent jamais, leurs vins sont fins, leur humour est perlé de références subtiles, ils sont affables et ils sont beaux même quand ils sont vieux. Des cousins qui aiment dire que nous sommes une famille mais chacun sent que ce n'est pas tout à fait vrai, de vagues cousins impressionnants, disons, cela serait juste et contiendrait aussi la bienveillante supériorité qui gâche certains de leurs sourires.

## *Adulte II*

Nous sommes deux, le lexique parle acronymes et l'âge adulte n'est pas vraiment une sinécure. Entrer dans la carrière journalistique ne consiste pas à endosser le costume du missionnaire du quatrième pouvoir comme je le rêvais, mais à se placer dans les starting-blocks d'une infinie course de haies. J'ai été stagiaire, non rémunérée puis un peu rémunérée, quatre mois ici, deux mois ailleurs, une semaine là, on me propose cette fois un contrat de trois mois. On dit un CDD, durée déterminée. Dans la rédaction, nous sommes un maigre bataillon de jeunes, ils nous appellent « les petits », c'est affectueux. Entre nous dansent deux sœurs jumelles, invitées qu'on nous impose, elles s'appellent Rivalité et Précarité. La première s'incruste comme une sangsue, l'ignorer ne la décourage jamais. La seconde est une redoutable tatoueuse. Elle imprime à nos peaux la place qu'on nous accorde. Fragile, inférieure, inquiète. C'est comme un premier regard, une assignation : nous ne serons jamais que des hôtes chanceux à la table des grands. Chaque jour implique de faire ses preuves, et chaque jour durera longtemps ; c'est épuisant mais se plaindre serait indécent et inutilement coûteux en énergie. Les champions ne se plaignent pas, les champions ne se fatiguent pas, les champions ne réclament pas, les champions sont des champions.

C'est le premier été, la rédaction se vide, les pages du journal ne sont plus ces territoires que l'on se dispute en temps normal. Les précaires, comme les sans-papiers, ne partent pas en congés. Depuis la fin du mois de juin, trois cents Africains, dont des femmes et des enfants, ont trouvé refuge dans une église parisienne. Ils demandent leur régularisation, derrière l'autel une dizaine d'entre eux, recouverts de sacs de couchage bleu marine, poursuivent une longue grève de la faim. Je passerai une partie de l'été là-bas, le jour, la nuit, à tenter de raconter qui sont ces familles et ce qu'espèrent leurs soutiens, certains sont mes amis, d'autres deviendront des visages familiers, revus dans des défilés scandant, pendant des années, « À la première, à la deuxième, à la troisième génération, nous sommes tous des enfants d'immigrés », sans que l'on sache bien si les manifestants veulent convaincre ou se rassurer sur la justesse de leur engagement. Chaque jour ou presque un cortège fluet s'ébroue dans les rues creuses de la ville en vacances. Au petit matin du 23 août, après plusieurs fausses alertes, le gouvernement envoie la police évacuer le bâtiment, à coups de hache. La scène est violente, fracas des idéaux et du mobilier de l'église. Elle inaugure la longue liste des luttes pour rien. Après cela, nous ne nous étonnerons plus des grèves qui n'aboutissent pas, des mouvements sociaux monstres qui ne font pas ciller les gouvernants, des rapports de force qui enfantent faiblesse et humiliation. Des cars emportent les Africains, les parents exténués, leurs enfants apeurés, sous les yeux désarmés des soutiens. Quelque chose se joue là, de honte et de colère, d'impuissance aussi. Tous les occupants de Saint-Bernard n'auront pas leurs papiers, mais c'est à leur histoire que je dois d'obtenir, quelques mois plus tard, mon sésame, son nom est CDI, durée indéterminée.

Peu après, le patron de la rédaction me fait venir dans son bureau. Il veut me connaître mieux, il est presque aussi intimidé que moi, ça m'étonne. « Alors, racontez-moi votre famille. Ce sont des communistes ? » Je souris pour cacher ma surprise. Des communistes ? Comme ceux qui ont quitté le gouvernement Fabius ? Non je ne crois pas, juste des gens de gauche, je devrais lui raconter les repas chez les grands-parents, lui avouer que je n'ai jamais compris au fond la différence entre trotskisme et maoïsme, que je n'arrive pas à me passionner pour les luttes d'appareil, que dans les cours d'histoire j'aimais surtout le romanesque des soulèvements, que ce n'est pas parce que je porte des jeans et des baskets que je viens d'un milieu populaire, que ce n'est pas parce que mes parents sont plus riches que mes grands-parents que nous sommes de vrais bourgeois, je devrais lui dire que nous sommes de gauche essentiellement parce que nous ne sommes pas de droite.

Nous sommes deux, elle fait un mémoire de sociologie sur les cadeaux et nous sommes insatisfaits. C'est un état permanent, que nos rires distraient sans vraiment l'effacer. Après le dessert, à l'heure de pousser les assiettes et servir un dernier café, lorsque la table est jonchée des reliefs du repas, boules de mie de pain, serviettes en papier déchiquetées, épluchures de mandarines, cocottes en papier alu des paquets de cigarettes vides, le sujet revient toujours. Viactive ne tient pas ses promesses. Depuis les menaces qui grêlaient sur les mauvais élèves au collège, « Si tu ne fais pas mieux, tu seras orienté en Viactive », on se doutait qu'elle n'était pas un sentier fleuri vers l'épanouissement, mais nous pensions qu'empiler les diplômes nous prémunirait de ses pièges. Nous comprenons désormais. Stages à répétition, contrats courts, salaires médiocres, s'installe l'idée que notre génération ne mérite que la précarité. Viactive est comme un monde derrière la vitre, une toundra où seuls quelques chanceux sont admis à venir tester leur résistance à la dureté. Nous pouvons bien fêter nos anniversaires, quitter les colocations, préparer des mariages, faux ou vrais, obtenir, après un tunnel de contrats courts, une embauche à durée indéterminée, un sentiment d'asphyxie nous prend chaque matin dans les ascenseurs des entreprises, cette impression que, quoi qu'on fasse, on ne fera jamais mieux que les inventeurs de la jeunesse éternelle qui nous dirigent, rebelles bankables qui n'auront demandé l'impossible que pour eux-mêmes. Notre précarité est la maladie infantile du soixante-huitardisme et la condition de sa survie.

Quelqu'un ressort les verres et une bouteille, nous nous coucherons tard, tant pis. Et si on organisait une grève nationale des stagiaires ? Ou bien un site Internet, on le nommerait skizo.com, ou bien une candidature politique, ça s'appellerait Un président pour l'an 2000. Mais. Nous défaisons le monde, et puis nous allons dormir. Est-ce de l'inhibition ou de la paresse, nous finissons toujours par reporter le moment où nous passerons à l'action. Nous n'organiserons pas de grève, ne monterons pas de média alternatif, ne présenterons pas de président pour l'an 2000. Nous nous contenterons de râler. Peut-être à force d'avoir appris à tout déconstruire avons-nous fini par croire que rien ne servait à rien.

Il ne s'agit pourtant pas d'une passivité détachée. C'est dans ces années que j'apprends l'existence et l'utilité des anxiolytiques : grâce à eux, les bons petits soldats ne flanchent pas. Un matin, je suis terrassée sur le quai d'une gare. La brutalité me surprend, mon cœur martèle fou, mes poumons sont trop petits pour accueillir mon souffle épouvanté, j'ai peur de cette peur qui m'engloutit. D'où vient l'inquiétude, de quelle argile est le terreau qui tangue sous mes pieds ? Le médecin fait entrer dans mon vocabulaire l'expression attaque de panique. Dans le creux de nos mails, et ce sont les tout premiers, adresses Caramail, ma sœur se moque de mes pâmoisons, elle écrit ça, « pâmoisons », et si elle en rit c'est que tout cela n'est pas bien grave. Pourtant les crises se répètent et à les redouter, je les provoque, certaine qu'un jour proche l'une d'elles me laissera sans vie. Une collègue plus âgée plante ses yeux dans les miens, dans le décor carrelé des toilettes du deuxième étage : syndrome d'imposture, elle dit.

Je me demande en l'écrivant pourquoi nous avons accepté de jouer ce jeu. Et comment nos aînés, aux idées si vertueuses, ont accepté d'en être les ordonnanceurs. L'ont-ils seulement décidé ? Et nous ? Qu'avons-nous fait pour les suivants ? Rien. Nous sommes les victimes et les complices d'une dévalorisation de nous-mêmes. Ça doit être une définition du libéralisme, dont nous sommes les petites mains boudeuses mais terriblement efficaces.

Pendant ce temps lui chante, c'est ironique ou avant-gardiste, Brassens et les chtis, il est Germinal au cinéma, plongé dans les archives déjà, plus tellement notre futur, rarement notre présent. Peu à peu s'installe sans qu'on la formule l'idée que les grandes causes sont vaines. Choyant nos minuscules sillons, nos amitiés, nos amours, nous abandonnons les grandes terres.

Et nous câlinons notre chat. Elle nous l'a offert, à ma Montagne et moi, depuis qu'elle est partie étudier dans une autre ville. Nous l'appelons le King. Mal sevré de sa mère, il est tendre et dépressif, tendance suicidaire. Un soir d'élections législatives provoquées par une inespérée dissolution de l'Assemblée nationale, alors que nous applaudissons la victoire de notre camp, le King saute par la fenêtre du cinquième étage. Il ne meurt pas. Nous nous demanderons longtemps de quoi sa défenestration – et le miracle de sa survie – fut le nom. Se peut-il que le King soit de droite ? Que nous soyons bénis des dieux de la chance ?

Un week-end de juillet, la France s'apprête à devenir championne du monde de football, tous les visages sont grimés de tricolore et nous fêtons notre mariage, ma Montagne et moi. C'est une fête sociale, notre petit monde se célèbre et, après la mairie, les klaxons le long de la route sont autant pour nous que pour les Bleus. Nous avons loué une vieille maison forte dans la belle campagne de l'enfance, il y a du mojito, des jeux idiots, des tournesols, un feu d'artifice, des chants révolutionnaires, de l'affection tellement dense qu'on pourrait la saisir dans les mains, il y a tout le monde et je me dis que la prochaine fois qu'ils se réuniront ce sera pour mon enterrement – les choses idiotes que l'on pense. Le lendemain, dans les embruns de la victoire et un et deux et trois zéros, j'apprends que notre mère avait préparé un cadeau : elle voulait chanter pour nous *Mistral gagnant*, s'asseoir sur un banc cinq minutes avec moi pour parler de mon enfance un petit peu. Trop émue, elle n'a pas pu, me dit-elle. Alors c'est comme si elle l'avait fait.

Nous sommes deux, nous nous couchons tard et nous inventons la chiale. Je dis nous inventons mais en réalité c'est peut-être elle, cette catastrophe naturelle, qui nous choisit et nous invente. Nous nous contentons de la nommer. Nommer, c'est déjà bien, c'est une chose que nous faisons face à ce chagrin qui, régulièrement, sans raison objective, monte des tréfonds. Nous pleurons alors sans nous arrêter, cela peut durer des heures, des jours. Nous ne sommes plus que ça : des corps sanglots, mes yeux gonflés, son nez rougi. L'impression est celle d'un irréfrénable, disons une inondation, c'est cela que nous appelons la chiale, le terme fait rire nos amis désemparés par la brusque et gratuite montée des eaux. Avoir la chiale n'est pas chialer – chialer, c'est pleurer vulgairement, chialer est énervant. La chiale n'est pas non plus la sombra, c'est son terme, elle dit des choses comme « aujourd'hui j'ai la sombra », ça signifie les jours d'envie de rien, de tout est noir. La chiale est une puissance qui prend possession de nous, c'est un orage à traverser. Il nous arrive de l'avoir ensemble mais le plus souvent, la tempête lacrymale nous frappe isolément. Nous nous appelons alors, elle est la seule à qui en parler, je suis la seule à savoir que chercher à la consoler est vain, il faut juste attendre que les nuages, vannes grises, se vident. Ces larmes ont un goût paléolithique, elles sont comme un sang ancien qu'on ne pourrait nettoyer. J'apprendrai un jour, au détour d'une conversation de machine à café, que la médecine désigne ce phénomène par l'expression de syndrome prémenstruel. Je préfère la chiale, elle n'est qu'à nous deux, je ne la partage pas avec l'universalité des femmes.

Aujourd'hui je me demande souvent ce qui coulait sur nos joues : pleurions-nous les fossiles d'une désolation antique ou les embryons de la peine à venir ? Peut-être la chiale était-elle simplement un signal dont nous ne comprenions pas le sens, tout juste avions-nous l'intuition de l'insupportable d'une douleur qui nous frôlait en attendant cruellement de nous séparer. Je préférais l'inconsolable avec elle, il s'oubliait aussi vite qu'il s'installait.

Je ferme les yeux pour mieux me souvenir. Sous mes paupières, ça serpente comme une autoroute. Il faut arrêter le défilé pour attraper une image. Elle est assise, courbée à sa table. Ou bien elle vient d'entrer, un peu essoufflée d'avoir grimpé les étages. Il y a de la musique, c'est Dominique A ou Jean-Louis Murat, elle mime la batterie, elle peint des galets et des toiles qu'elle couvre de teintes franches, elle fabrique des bijoux aux fils entortillés où se capturent des petites gouttes de couleurs, elle imite très bien le bruit de la perceuse, elle préfère le prince Harry à son frère William, elle embrasse son amoureux et l'appelle Massi, Dents blanches, Missiard et plein d'autres surnoms amusants, elle ne mange que du riz, puis seulement des radis, elle aime les chouquettes, elle surnomme sa voisine mamie Poulet, elle ne ferme pas toujours la porte des toilettes quand nous discutons, elle passe des heures au téléphone, elle ment souvent, elle s'achète des chaussures et vernit ses ongles, elle prépare des blagues très sophistiquées, elle regarde des films et des émissions idiotes à la télé. Elle est encore dans l'instant d'avant les choix. Elle l'étire aussi longtemps qu'elle peut. Elle rêve de scènes, de costumes et de textes qu'elle interprète. Elle monte des spectacles avec des amis, elle joue, elle chante, je me souviens d'une chanson qui fait *Des fantômes, j'en ai connus croyez-moi, des fantômes, pas des vrais mais presque que ça*, elle est si belle sous les projecteurs. Nous disons « le théâtre » et ça veut dire elle sur le plateau, elle en troupe, elle en tournée, elle au festival d'Avignon, elle sur les écrans de cinéma, ça veut dire elle comédienne, ça veut dire tout. C'est comme un désir qui glacerait les désirs concurrents, c'est le plus beau des garçons, celui qui rend pâles tous les autres.

J'ai l'impression d'un tunnel de conversations à essayer d'estimer le sérieux de ce rêve, le théâtre. Nous le mesurons, le pesons, le regardons sous la peau. Candides, nous tentons de jauger sa consistance. Comme si les rêves avaient une épaisseur, nous lui mettons la lumière dans la gueule, qu'il dise tout ce qu'il a dans le ventre. Elle entend mille voix, et la mienne aussi, lui jouer la mauvaise chanson du raisonnable. La peur s'immisce. Nous faisons semblant de ne pas la voir mais je la perçois aujourd'hui, les rebours font entendre le tocsin des regrets. C'est comme une ombre qui recouvre tout peu à peu. Un danger qui menace sans que l'on sache vraiment pourquoi. Et si elle ne réussissait pas ?

Ça la tiraille, ce désir et ces doutes dans ses tempes. J'imagine son calvaire intérieur, tous les jours : elle doit choisir maintenant. Elle se figure à un carrefour, il faut qu'elle prenne un seul chemin, c'est ainsi que nous pensons alors, la vie est binaire, droite ou gauche, ici ou là, avant ou après. Le théâtre ou le métier sérieux. L'amant fascinant ou l'homme rassurant. Le rêve ou le raisonnable. C'est étrange que nous nous imposions le tout ou rien. Elle dit souvent : « Si j'en rêvais tellement, je ferais tout pour en faire ma vie. » Elle se trouve paresseuse, pas assez courageuse, nous ne connaissons pas le mot velléitaire encore, sinon elle dirait ça : « Je suis velléitaire. » Elle dit des absurdités, comme « de toute façon, je n'ai pas de personnalité ». Ensuite, elle rit, ou bien elle pleure, c'est la même cabane. Et puis elle cherche un stage sérieux pour accéder, un jour, à un métier sérieux dont elle n'a pas envie. C'est un renoncement, c'est un moment triste, et une colère aujourd'hui de réaliser que, si nous avions su que le temps lui était compté, chacun l'aurait encouragée, bien sûr, à ne pas enfouir son rêve. C'est un renoncement, une tristesse et une colère, c'est surtout une inutilité.

Je ne sais pas, en racontant cela, si j'ai le droit de le raconter. Qu'ai-je palpé vraiment de ce désir qu'elle avait ? Et si ce désir qu'elle avait n'était qu'une autre chute du mur de Berlin, un événement que je ne comprends que trop tard, en décalé ? Voudrait-elle qu'on en parle encore ? Trouverait-elle que pour qui je me prends à dévoiler sa vie privée ? J'essaye de nous imaginer aujourd'hui. Nous marchons dans la ville ou bien nous sommes à ma table de cuisine, c'est toujours la table ronde d'avant, tu vois, nous ne l'avons pas jetée, *les objets vivent plus longtemps que les gens*, il y a les discussions coq-à-l'âne et toujours nous finissons par revenir à ça, le théâtre. Que dirions-nous si nous pouvions en discuter ? Serions-nous dans le ressassement du renoncement ? Et le grelot de tes regrets, voudrais-je le faire taire ? Ou ferions-nous le récit épique d'une réussite arrachée, comme tu as bien fait de t'accrocher à ton rêve, tu vois, de croire en toi ? Trouverais-tu que ce n'était qu'une passade de jeunesse ? Me dirais-tu : « Encore un truc pour se moquer de moi, ton texte » ? Je ne me moque pas de toi, jamais. Tu es ma comédienne préférée, je garde imprimés sous mes paupières tes spectacles de notre enfance, toi debout sur le lit, moi par terre à t'admirer, si tu savais comme je t'admire. Et comme je déteste ces questions sans réponse et ce conditionnel absurde. Puisque le silence bourdonne de ton absence, je choisis le chemin : tu aurais, comme tous ceux de la rue de l'Échiquier, réussi à devenir ce que tu voulais, ça aurait mis du temps, tu aurais trébuché mais réussi, oui, à faire mentir les canevas sociologiques qui te révoltaient tant avec leurs tout-tracés. Nous n'aurions pas eu besoin de l'irréversible pour comprendre l'impérieux de faire de ce que l'on a à faire. Nous aurions su être vivants sans avoir à jucher nos joies sur un grand malheur.

# Mort I

Nous sommes deux, je viens de donner naissance à un petit garçon et elle meurt. Nous brûlons son corps et toute ma mémoire fait cendres avec les siennes. Avant le crématorium, il y a une cérémonie laïque au village. Son cœur a cessé de battre d'un coup, c'est horrible elle est morte, ont-ils dit, et je n'ai rien compris et je suis morte aussi, à la même seconde, morte et debout au milieu d'eux pourtant, sourde à leurs mots, insensible à leur tendresse, je n'ai pas encore trente ans, elle n'en aura jamais vingt-sept, nous sommes deux, de chaque côté du bois clair du cercueil, et des vieillardes déjà, tout est éteint, voilà l'inconsolabilité qui s'avance, son étreinte durera toujours et *Mistral gagnant* emplit la salle des fêtes d'un torrent inutile – de larmes.

# Adulte III

Nous est morte, vivre n'existe plus et le chagrin est une maladie longue. Après le choc déblayer les gravats, lécher les plaies, essorer les yeux prend du temps. La peine peuple chaque endroit, elle creuse des galeries invisibles, son ciel cendreux nous engloutit. C'est comme vivre à côté de tout. On respire, on marche, on mange mais savoir si on est là est un puits. On tient des mains, en embrasse des gens, on prononce des mots, on s'occupe du bébé, mais la tristesse est une solitude illimitée, elle sépare même ceux qui s'aiment. J'ai l'image d'un tremblement de terre, la ville en ruines, et ses répliques durent longtemps après que les secours s'en sont allés. Il y a un universel de la douleur, une condition humaine de ça. Les dos se courbent, les épaules s'affaissent et il n'y a plus de larmes, juste la sensation archaïque de tomber sans fin. Le malheur effraie, il annexe nos territoires sans que nous sachions le partager, laissant chacun dans l'exil du désarroi. Dans cette ère glaciaire, chaque jour est un jour de manque en plus, ceux qui chantent qu'*avec le temps va tout s'en va* sont des chanceux, ou des menteurs. Même notre chat, le King, le miraculé, ne survivra pas à cette chute. Quelques semaines plus tard, il s'allonge au plus profond d'un placard de l'appartement. En deux jours, il abandonne la vie.

Je ne sais plus si c'est un matin, non, peut-être un après-midi, c'est sous un cerisier de mai, je regarde mon enfant, né deux semaines avant le grand malheur, il est tout petit encore, six mois et c'est l'âge du deuil, l'âge du chagrin et il n'y peut rien, mon pauvre petit que je regarde sous l'arbre ; je l'ai allongé dans l'herbe, il est heureux du printemps autour de lui, ses jambes ses bras gigotent la vie ; je le regarde et je comprends ce que son petit corps fait, lutter, c'est ce que font les hommes, même les si petits, s'accrocher à la moindre force qui passe et lutter, prendre un caillou, et un autre, et un autre, continuer ; mon fils, quel héros, entame vaillamment le combat contre l'obscurité, et c'est sous ce cerisier de mai que commence la reconquête, mon fils est courageux, il prend la direction de la troupe, nous sommes en lambeaux mais en vie, nous y arriverons puisque nous essayerons ; je le regarde et j'accepte ; ses bras, ses jambes, son sourire me disent ne reste pas dans le noir, ses yeux me happent, tout de lui m'appelle et je le regarde et je lui parle et c'est la première fois que je lui parle vraiment et il me parle vraiment et je nous vois, je suis sa mère, il est mon fils, nous allons vivre. Je grave dans ma mémoire cet après-midi du cerisier de mai, le jour de ma naissance comme mère de mon enfant, c'est un peu solennel, pourtant nous savons lui et moi combien cet instant compte, on pourrait entendre résonner un chant millénaire, quelque chose qui attesterait l'importance de cet instant, mais il n'y a pas d'autre bruit que les feuilles froissées par le vent et les babillements de mon fils, ses yeux noirs promettent les lacs immenses à découvrir ; je le contemple et c'est voir tous les paysages. Dans le frôlement de la brise, je la sens, elle aussi est là, à regarder l'enfant, mon enfant, son neveu, et moi, sa mère, elle nous regarde être ce que nous sommes, elle me voit devenir mère dans le chagrin d'elle, elle n'a pas disparu puisqu'elle est là.

Nous est deux, nous est amputé mais nous n'est pas mort. Ce n'est pas tout à fait une fiction, ni vraiment une réalité, plutôt un grand secret que je ne dis à personne, sauf à l'enfant qui me regarde le contempler. C'est comme un entre-deux que je nous invente, un endroit où nous ne sommes pas séparées, une place où je nous garde bien serrées. Nous choisissons un cœur de forêt vert printemps, une clairière plane à l'écart du sentier, c'est là que nous aménageons notre nouveau chez-nous. Vient une grotte, nous y logeons nos souvenirs, les longues joies, les jours de chiale, nos jeux et nos silences, elle chante et j'entends son rire s'enrouler aux cris des oiseaux.

La nuit, dans le secret de l'oreiller, venir ici est possible. Je m'allonge dans les herbes épaisses, son odeur de petite fille terreuse m'entoure, le clapotis de ses rires est un berceau et je peux m'endormir en murmurant nous sommes deux, puisque c'est vrai. Je voudrais ne pas me réveiller.

Chaque matin est tocsin, chaque matin est 19 novembre 2000 6 h 14 « c'est horrible elle est morte », chaque matin il n'y a plus ses yeux où se confirmer, plus son soleil où se chauffer. Derrière le flou acide des larmes, la grotte est vide, l'herbe a disparu, une horrible couche de verglas recouvre le sol, la plane clairière est crevée d'un trou immense. Je me tiens au bord, mes pieds nus collés par la glace. Du fond du gouffre m'appellent des hurlements, ce sont les tentacules de la folie. Je me concentre sur mon pas, un frottement millimétrique en réalité, la margelle du gouffre s'amincit chaque jour, ne pas y tomber est un épuisement. La folie ne gagne pas ; lassée de mes pleurs arides, elle se détourne vers d'autres proies. Ce n'est pas une victoire, tout au contraire : puisque je ne suis pas folle, il me faut reconnaître la défaite. Tout ce que je pensais être, une moitié des filles, a disparu avec elle. Nous n'est plus, reste un je guenilleux, né sur cette banquise noire où nous l'a abandonné. C'est un très petit enfant, je, un filament d'être, dépouillé, amnésique et désorienté. Il ne sait pas du tout comment vivre. Il décide qu'il sera seul et deux en même temps, c'est ce qu'il fait puisque les contraires existent, qu'elle est nulle part et partout, toujours et plus jamais. Le paysage vidé d'elle se sature de son absence, je suis toute seule et je suis deux.

Je suis deux, nous sommes des fantômes et la cendre recouvre tout. On s'en souviendra toujours, de cette journée où le monde est tombé par la fenêtre. À Paris, on rentre de la pause déjeuner, quelqu'un dit, au bureau : « Oh putain, regardez ça. » La télévision est allumée et un avion se jette dans une tour là-bas, à New York où l'on sort juste du petit déjeuner. À peine le temps de comprendre, un second avion, la deuxième tour, le cyclone de poussière, les hommes si vite réduits à n'être que des ombres hagardes. Les corps qui tombent, comme des gouttes lentes le long de nos parois, élans d'ultime liberté dans l'effroi, nous les verrons plus tard, après avoir regardé, pendant des heures, jusqu'à en connaître parfaitement la morbide chorégraphie, les tours, les avions, Manhattan ensevelie sous l'avalanche de cendres et cette sensation, horrible et excitante dans le même frisson, de vivre sans décalage un événement historique. S'il se passe quelque chose c'est que nous existons. Les événements ne sont pas seulement des choses qui arrivent à d'autres. Ils nous arrivent aussi. En nous arrivant, ils nous bringuebalent et nous attestent. Se souvenir d'un événement (le 11 septembre j'étais au bureau, on rentrait de déjeuner et quelqu'un a dit « oh putain, regardez ça », le 19 novembre, à 6 h 14, le téléphone a sonné, il a dit « c'est horrible, elle est morte »), ça veut dire j'étais là, j'ai vécu.

Je suis le 11 septembre autant que la seconde où elle est morte.

Je suis tous mes événements.

Les endeuillés cherchent comme des perdus un sens au malheur, on dirait des animaux faméliques fourrageant une terre morte, ils s'inventent des signes, construisent des ponts imaginaires, qu'ils ne soient pas rationnels leur importe peu, puisque plus rien n'a de sens, on peut bien croire ce que l'on veut. Je regarde les twin towers s'écrouler et je nous vois, twin sisters pulvérisées. C'est la même fin du monde. L'hébétude est notre état. Mon chagrin est le nouvel ordre mondial. Quelqu'un nous détruit et nous n'en revenons pas. Quelqu'un défie notre puissance tranquille et nous n'avons que la sidération à lui opposer. Quelqu'un ricane de notre supposée fin de l'histoire et ça nous tétanise. Lui chante *Manhattan Kaboul* sur toutes les ondes. La voix de caramel d'Axelle Red n'adoucit rien.

Je suis deux, je porte son bracelet à mon poignet et un jour, on ne sait pas pourquoi, le rire revient. Peut-être mon petit l'a-t-il déclenché, ou un ami, et la seconde d'après brillait d'une stupéfaction heureuse. J'ai ri, tu as entendu ? Un vrai rire de bon cœur, on disait ça, ils étaient nos préférés. Tu l'as entendu ce rire ? Beau, puissant, musclé par tout le chagrin porté. Tu as vu comme il a inondé mes joues et mon cœur et mes bras ? Il a des notes de toi, je les ai reconnues, si c'est là que tu te caches je veux l'entendre toujours. Avec le rire reviendra l'après. Rien ne peut être grave désormais que le pire est arrivé. Dans le décor d'apocalypse, j'invente des petites collines riantes, elles dansent au-dessus du désastre, les gravir est une chose qu'on peut faire, je me souviens notre grand-mère maternelle, son héritage : attraper la joie dès que possible. Être triste et joyeuse dans la même seconde, c'est une sorte d'entièreté retrouvée. Tu es là, autour, mon invisible, mon impalpable, ma nomade, tu es partout, et je dis nous, tu vois, et je te parle.

Bientôt, un deuxième enfant s'annonce dans mon ventre, merveilleux messager qui se fiche pas mal de la fin de l'histoire. Il débarque et c'est un parachutiste venu nous sauver, nous ferons famille autour de lui, empereur aux paumes larges et douces. Il naît avec le printemps, et la joie de lui se fracasse sur l'insupportable de ne pouvoir lui présenter sa tante. On ne quitte pas novembre si facilement. La peine est une longue bande de terre à traverser, paysage de failles coupantes et de plaines brûlées. J'avance si lentement que la vie d'avant n'est jamais loin, j'en sens les radiations dans mon dos, je ne sais pas si elles me repoussent ou m'aimantent vers elles. Chaque pas est un au revoir qu'on ne veut pas prononcer.

L'état de chagrin est ma maison, j'en connais chaque centimètre carré. Je le déteste autant qu'il me rassure. Après une longue descente de plusieurs virages, le sentier débouchera, on me l'a juré, sur les terres d'après. De l'autre côté de la frontière m'attendent des gens qui ne l'auront jamais croisée, des endroits qu'elle ne connaîtra pas, des musiques que nous ne pourrons pas écouter ensemble, des rigolades qui la trahiront d'exister hors d'elle. Je ralentis mon pas, je ne veux pas abandonner ma sœur, elle est bien trop petite pour l'immensité de la mort.

Mes enfants courent devant moi sur le sentier, flammèches échevelées montant des chevaux imaginaires. Mes petits. Mes magnifiques. Je les rejoins, attendez-moi. J'attrape leurs mains, elles sont chaudes et un peu poisseuses, la sueur chemine sur leurs tempes marbrées. Marchons les enfants, je leur dis, mais ça signifie hissez-moi, j'ai besoin qu'on m'aide à remonter lentement des profondeurs, je suis pleine de vase et d'algues, mes yeux sont noyés et mon haleine est vide mais je viens, expliquez-moi le monde, je n'y comprends plus rien, racontez-moi vos histoires, faisons des recettes à la gouillasse et à la bave d'escargot, dessinons sur nos mains, apprenez-moi à être mère, je suis une sœur sans sœur, je vous parlerai d'elle un peu, promis pas trop.

Avec mes fils, c'est une autre enfance, j'en suis la passagère clandestine. Je ne sais pas où aller alors j'y vais avec eux, c'est une liberté qui nous arrive. Dans leurs joues tendres claudique une force neuve : fuir les atermoiements d'autrefois, refuser les encombrements inutiles, les mépriser sera ma petite victoire, les sourires d'après les mouchoirs, mes minuscules médailles de la guerre perdue.

Le monde n'a pas cette sagesse, il échoue à ne pas transformer le chagrin en haine. Ses médailles à lui se tachent de sang, une mare en appelant une autre. À la radio, tous les jours, Axe du mal, armes de destruction massive, Al-Qaïda, néo-cons, Abou Ghraib, Ben Laden, mollah Omar, George W. Bush, Guantanamo, à la radio tous les jours l'escalier désolant, une marche après l'autre vers le sans-retour. À ça comme au reste, nous nous habituerons, descendre sera le chemin. À la télévision, des jeunes gens sont filmés 23 heures sur 24 dans un loft en carton, nous sommes les voyeurs fascinés et ricanants, à la fois conscients et inconscients de tout ce dont cela nous détourne.

Le retour du réel nous renverse un dimanche soir d'avril. Cédeuzi Honèwellebulle ne fait pas l'annonce pour cette autre inoubliable soirée électorale. Aucune joie de jardin orageux, mais une secousse glaciale lorsque l'ogre borgne de notre enfance apparaît sur les écrans, qualifié pour le second tour de la présidentielle. Coup de tonnerre, dit Lionel Jospin, l'éliminé digne. Sidération, font nos visages atterrés d'être les témoins et les acteurs d'une tragique erreur d'aiguillage. Nous avons manifesté tant de fois, incalculables, aux cris de « La Jeunesse emmerde le Front national », nous avions cru que notre masse faisait rempart, pas terreau. Enfants, on nous a souvent raconté l'histoire tragique du petit garçon qui hurle au loup à tort et à travers, endormant la vigilance en la convoquant sans cesse. Que nous est-il arrivé ? Sommes-nous les responsables ou les victimes du séisme ?

J'essaye de me souvenir sans l'aide des archives, de refaire le film tel qu'il s'est imprimé en moi : un candidat socialiste, Premier ministre d'une majorité autrefois plurielle désormais éclatée en de multiples candidatures, la réalité qui frappe au carreau (le nom de Vilvorde clignote dans ma mémoire), il a tenu ses engagements sur la réduction du temps de travail et le Pacs, qui permet aux couples homosexuels de s'unir légalement, mais d'autres les a piétinés (dans ma tête, la promesse du droit de vote aux étrangers aux élections locales gît, abandonnée sur le bas-côté), les sondages nous susurrent qu'il n'y a aucun danger, le candidat précise quelques jours avant le vote que son programme n'est pas socialiste, l'affranchissement que cela provoque, ah tu vas voir, si tu n'es pas socialiste, moi non plus, la main glisse un autre bulletin que le sien dans l'enveloppe, un petit avertissement sans risque, une minuscule entorse sans conséquence, voilà ce que s'apprête à faire cette main, rien de grave, c'est un dimanche d'avril, nous votons, poussette et porte-bébé dans l'isoloir, nous sommes toujours sûrs de qui nous sommes, regarde le printemps bourgeonner aux branches, on ouvrira les fenêtres, on fera entrer la brise lavée de l'hiver qu'on veut oublier.

Les catastrophes se fichent de la météo et du calendrier. Même l'ogre a l'air surpris et un peu inquiet, ce soir-là, de ce personne-n'avait-prévu-ça. Je pense à elle, j'invente des liens logiques entre sa disparition et le monde qui ne tourne plus rond. Nos verres restent vides, le silence colle longtemps, personne n'a envie de toucher au plateau de charcuterie. À qui la faute ? Aux sondeurs ? À nous ? À eux ? À lui ? C'est l'histoire de ce qu'on nomme la gauche de gouvernement, enjoliver pour conquérir le pouvoir, trahir ensuite, décevoir ses partisans puis les accuser d'avoir failli. Nous sommes les piégeurs et les piégés. Dans deux semaines, piteux, nous irons aux urnes faire barrage à l'ogre. Nous songeons sérieusement à nous boucher le nez avec une pince à linge – et puis nous n'osons pas.

Les événements durent longtemps. Passé l'effervescence de l'instant, ils ne rentrent pas dans leurs tanières, ils sont comme des courants profonds qui imperceptiblement font bouger des continents. Leurs dates deviennent des noms propres, qui disent plus, qui disent quoi, à force on ne sait même plus. On dit 21 avril pour attention à ne pas diluer les votes au premier tour, on dit 21 avril pour le sang qui se fige aux résultats, j'ai décidé de me retirer de la vie politique, on dit 21 avril pour justifier le vote utile. On ne dit pas 21 avril pour demander ce qu'il s'est passé pour que, de dépit, de lassitude ou de rage, les bulletins envoient valser la table. On ne dit pas

21 avril pour regarder la tension qui vient, ce ne sont que les débuts, elle figera tout, dans dix ans, dans vingt ans.

On dit 21 avril pour mieux l'oublier ; l'amnésie est une stratégie pour supporter l'insupportable.

Je suis presque deux, elle n'est pas encore née, on compte mon âge en mois. J'apprends à marcher, le sol d'Algérie accueille mes premiers pas, ils garderont la mémoire de cette terre. Notre père y effectue son temps de service militaire, comme coopérant, il donne des cours de comptabilité je crois. C'est dix ans après les accords d'Évian mais dans les souvenirs de nos parents la guerre d'Algérie ne s'immisce jamais, génération gâtée qui n'aura pas eu à prendre les armes. L'Algérie, pour moi, est un paradis de photos en noir et blanc, une minuscule tortue accompagne ma démarche hésitante, la lumière est blanche, j'ai un petit panier et une robe kabyle, je suis bouclée, je souris à dents de lait, tout sent le soleil. Plus tard, aller en vacances au Maghreb est comme retourner dans un petit recoin de soi, les odeurs, la consistance de l'air, le parfum des peaux, le chant de la langue, tout m'est familier ici. Est-ce là, dans les ruelles de ma toute petite enfance, qu'est née l'aversion pour le racisme ? Dans les manuels d'histoire ? Dans les credo familiaux ? La photo de Rosa Parks épinglée sur mon mur adolescent ? On est un mélange, un cours d'eau où confluent dizaines de ruisseaux. Ce fleuve-ci est un indiscutable : les différences sont sociales et qui parle d'ethnies ou de couleurs de peaux est un purificateur en puissance. En famille, même sans elle, nous chantons encore. Vient toujours le moment de *Lily*. Nous levions le poing autrefois en entonnant *Et c'est pour conjurer sa peur, Lily, qu'elle lève aussi un poing rageur, Lily*. Je le fais pour deux désormais.

Je suis deux, son amoureux devient chanteur et toutes les chansons ne parlent que d'elle. Lorsqu'il frappe à la porte, l'excitation cavale dans le couloir, les enfants se bagarrent pour être le premier à se jeter dans ses bras. Puis nous les couchons et l'appartement est pris d'un calme étrange, l'air mélange avant et après, tout est pareil et tout a changé, c'est ce que font les événements, nous mettre à terre puis nous propulser dans un ailleurs tressé de souvenirs. On ne sait pas s'ils nous absorbent ou si nous les absorbons, mais ils ont en eux une faculté plastique, ils se transforment à volonté, courts longs carrés. En nous voyant assis autour de la table de la cuisine, il serait facile d'imaginer qu'elle est juste allée raconter une histoire à ses neveux ou qu'elle arrivera tout à l'heure, on l'entendra monter l'escalier. Ma Montagne a préparé un dîner, il aime être celui qui nourrit, nous buvons du vin rouge, ça nous fera les dents et les lèvres bleues, nous rions, ça pince de joie et de tristesse en même temps, ces choses que nous faisons sans elle, nous repoussons les larmes, il dit « Nous ne nous en remettrons jamais » et c'est vrai, nous écoutons ses dernières chansons, je lui dis que je suis fière de lui et merci, finalement les larmes arrivent, il dit « Sans sa mort je ne l'aurais jamais fait », mais ce sont des questions inutiles et tout le monde le sait, alors nous chantons des vieilleries jusqu'à ivres-morts.

La douleur est un tremplin, nous l'apprenons. C'est comme un double fond au désespoir, une fenêtre secrète à laquelle il est possible de trouver un nouvel oxygène. La possibilité de l'échec n'est plus cet épouvantail hideux qui figeait nos désirs autrefois. Qu'importe de rater désormais, rien ne peut faire plus souffrir que le poignard de son absence dans chacune de nos secondes. Nous étions idéalistes et faussement légers, nous devenons fatalistes et lucidement inconscients.

Nous n'avons plus peur de mourir.

Nous nous serrons dans des petites salles de concert. Inutile de se retourner : chacun sent qu'elle est là, dans un coin, murmurant avec son chanteur préféré la mélodie de leur éternité. Dans la salle se trouvent tous les amis, même si nous en parlons peu le chagrin nous lie, ce que nous en faisons zèbre la brume de faisceaux doux. Il y a des ponts invisibles partout. Elle sera de tous les films, de toutes les chansons, des livres et des aventures. Ce ne sont pas des messes mais des œuvres dont elle est l'héroïne. Je sais que ça lui plaît – et je congédie le conditionnel.

Je suis deux, nous nous enivrons de séries américaines et le vrai et le faux se juxtaposent dans nos split screens. Nous abandonnons la télévision pour nous offrir à l'ordinateur, connexion haut débit. Tout passe par l'écran, il est le filtre et le kaléidoscope, le réel se trouve peut-être là, dans ces milliers d'images qui nous enveloppent, infime particule dans l'océan audiovisuel. Tout fait récit qu'on oubliera demain et ça me va, oublier. Nous téléchargeons, petits pirates sans audace, des épisodes que nous regardons au kilomètre, drogués aux aventures de l'équipe de *The West Wing* (je voudrais que tous les présidents soient Jed Bartlet) et des héros brûlés de *The Wire* (je suis une enfant noire de Baltimore). Ils sont les romans du siècle qui commence, occupant mon imaginaire blessé, s'il te plaît raconte-moi une histoire. Et puis un soir, ça arrive : la confusion totale, le vertige de ça. Sur l'écran, des voitures et des gymnases brûlent, on ne sait plus si ce sont les informations ou une nouvelle saison de la série, des jeunes noirs défient une police surarmée, le gouvernement annonce l'état d'urgence, même la télé américaine envoie ses stars suivre notre banlieue qui s'émeute.

Ils s'appellent Zyed et Bouna, ils ont quinze ans. Ils sont les petits frères de son Slimane, qui vivait *chez ses vieux à la Courneuve*. Ils sont morts, électrocutés alors qu'ils tentaient d'échapper à la police. Mourir à quinze ans, comme à vingt-six, c'est impossible. Mourir parce qu'on est poursuivi par la police, ça n'existe pas. *Ça se danse la tête contre les murs.* Le chagrin devient colère, et la banlieue s'embrase. C'est un sons et lumières de violence, la nuit est traversée des feux qu'ils allument pour dire qu'ils existent et qu'ils ne baisseront pas la tête. Ces enfants, on dit « troisième génération », ne s'excusent plus comme leurs parents, ils veulent qu'on les respecte et qu'on les craigne. Il faudrait du calme pour le comprendre, remonter les fils, suivre l'histoire jusqu'à sa genèse, mais tout est agité. Les événements naissent bien avant leur irruption, ils sont comme une maladie lentement couvée, quand ils arrivent, c'est à la fois une fin et un début.

Je suis deux, notre histoire est hémiplégique et un bruit sourd monte de partout. Il n'y a pas trace dans notre mémoire des guerres coloniales. Puisque nous ne sommes pas racistes, nous ne voulons pas voir qu'il y a sous le pigment des peaux une cartographie de canaux charriant un inoubliable bagage. L'école pas plus que nos parents n'a jugé utile de nous les apprendre. On ne nous a pas enseigné la guerre d'Algérie, c'est la radio qui m'a raconté le 17 octobre 1961, la police de notre ville jette des Arabes dans le fleuve de notre ville, dix ans avant ma naissance, ce n'est pas loin, c'est un avant-hier recouvert de silence. Dans les éboulis plâtrés du 11 septembre et du 21 avril, derrière les voitures incendiées de Clichy-sous-Bois, il me semble pourtant entendre les voix étouffées des mémoires dominées. Elles parlent de cela, du mal qu'on a fait et aggravé à ne pas vouloir le reconnaître, et la bienveillance rajoutait sans le savoir à l'arrogance. Nous pensions à la paix, certains d'être dans le bon, d'autres ressassaient la rancœur, convaincus d'être dans le vrai. Sommes-nous criminels par naïveté ou sont-ils suicidaires par hypermnésie ? Le soir avant de m'endormir, j'entends au loin les hélicoptères de la police. Une pensée froide frôle mon épaule. Et si grandir consistait à voir enfler le désastre ?

Je suis deux, elle est mon membre fantôme, et les mots changent de sens. D'abord, c'est diffus, dilué dans le bavardage médiatique, ce ne sont que quelques bulles chatouillant l'alambic où se distille l'époque. Peu à peu ça monte comme un bruit parasite, ils disent bons sentiments, naïveté, angélisme, ils persiflent déjà mais nous ne le saisissons pas. Ce qui était des qualités, les valeurs cardinales de notre éducation, devient des tares qu'on nous reproche. Bientôt, ils disent bobo et c'est un crachat dont on ne comprend pas tout de suite la substance gluante. On trouve ça amusant, au début, bobo, une abréviation enfantine pour nous désigner. On dit bobo et ça nous donne des accents new-yorkais, on dit bobo et on se reconnaît vaguement dans l'alliage de privilèges sociaux et d'ouverture d'esprit. Au début on dit bobo en pensant que ça passera, comme la mode du futon ou le retour de la yaourtière. Et puis ça reste. Ça a l'air de parler de nous, de moi.

Qui je suis, pourtant, je ne le sais pas. Je me demande s'il s'agit d'un trouble identitaire ou d'une immature réticence à l'étiquetage. Je pourrais me définir en négatif, égrener l'anaphore des je ne suis pas. Je ne suis pas un homme, je ne suis pas une paysanne, je ne suis pas une vraie Parisienne, je ne suis plus tellement une provinciale, je ne suis pas une grande bourgeoise, je ne suis pas une prolétaire, je ne suis pas une manuelle, je ne suis pas catholique, ni juive, ni musulmane, ni rien de religieux, je ne suis pas révolutionnaire, je ne suis pas réactionnaire, je ne suis pas musicienne, je ne suis pas matheuse, je ne suis pas sportive, je ne suis pas magicienne, je ne suis pas méchante, je ne suis pas sûre, je ne suis pas un héros (un héros). Je pourrais dire ce que je ne suis pas, mais dire je suis ça, j'écris ça, non. Impossible.

Je suis deux, mes petits ont pour tante une omniprésente absente, et le reportage est une solution que je m'invente pour supporter le réel. Si je trouve la langue qui dit ce qui est, si j'entasse dans les mots les milliers d'infinitésimaux qui constituent une vie, toutes les existences sont là, et la sienne aussi. Le reportage a ses rituels. J'attrape mon sac et le train in extremis, une fois assise dans le wagon (elle s'installe en face de moi), je ne fais qu'une chose, tenter de conjurer la malédiction de la carte routière. J'aimerais, rien qu'une fois, ne pas me perdre. Pendant le trajet, je vérifie mille fois la carte, j'apprends les itinéraires, j'essaye de mémoriser des repères (elle se moque un peu puis somnole). Il faudrait instaurer un prix du journaliste qui n'a jamais effectué un seul reportage sans se perdre, je le remporterais chaque année, désolée chers confrères (et elle lancerait des confettis depuis des mezzanines). Arrivée à la gare, je loue la voiture, je suis au volant, sourcils froncés sur la route, la carte (sur ses genoux) à mes côtés. Premier croisement. Droite ou gauche ? Hum, mon instinct me dicte d'aller à gauche. Mais c'est sûrement un traquenard de mon instinct. Ne le suis pas. Tourne à droite. Roule. Comprends l'erreur. Les demi-tours sont compliqués aussi (son rire, les perles de son rire). Arrive en retard au rendez-vous, bafouille des excuses, me suis perdue, idiote, suis allée à gauche, enfin à droite, non, je ne sais plus, sors mon petit cahier, accepte un café, une visite, plonge dans la vie des autres, repos. En me perdant sur le chemin de retour vers la gare, j'aperçois des phrases sautiller sur le bord de la route, c'est déjà écrire.

Observer la vie des autres qui scintille et parfois déraille, en saisir l'écho universel, en recueillir des morceaux comme des boutures qu'on greffera pour tisser un récit est le travail – et une sorte d'art éphémère, qui décèle chez chacun l'épaisseur d'un romanesque. Bourgades, villages, banlieues, usines, squats, salles d'audience, prisons, partout où l'on se méfie de la presse comme du croque-mort, mon territoire est celui des petites gens, comme disent ceux d'en haut, mais je me méfie des expressions qui rapetissent. J'aime m'y rendre seule, loin de la mêlée, j'aime le cœur battant fort avant de sonner aux portes, l'odeur des intérieurs, chiens mouillés ou lessive fraîche, les cafés timides, j'aime écouter les voix, tamiser le terreau pour voir apparaître les minuscules résistances où se nichent les preuves de l'unicité de chacun, les infimes fantaisies qui disent j'existe, écoute-moi comme j'existe.

Je ne me souviens pas de tous les noms, visages, corps que j'ai croisés, pris dans le filet d'une actualité. On dit couvrir un événement, c'est ignorer que ce sont eux qui nous recouvrent, ils sont comme des avalanches qui emportent les corps. De ces moments qui compriment et étirent le temps, les survivants ressortent rincés, changés à jamais, à la fois brisés et renforcés. Si je me rappelais tous ceux que j'ai observés, je pourrais, peut-être, dessiner une galerie de portraits de ces ordinaires à qui est arrivé un extraordinaire, cela ferait comme une armée de combattants quotidiens. Plus j'essaye de m'en approcher, plus la vision est floue. Mais une impression générale flotte à tenter de me les remémorer, elle est modeste et peu commode pour qui affectionne les certitudes. Elle dit qu'on ne sait jamais qui sont les gens, eux-mêmes le savent si peu qu'il y aurait de la prétention à les définir d'un article. Une musulmane voilée n'est pas toujours une victime des hommes, ni une pasionaria féministe, je le sais pour avoir passé des heures auprès de dizaines d'entre elles. Un enfant peut mentir, je le sais, je l'ai entendu dans le cabinet d'un juge des enfants, mais son mensonge n'est pas toujours faux, je le sais aussi. Un criminel peut émouvoir et glacer le sang dans la même minute, je le sais, tous les procès le savent.

Tout est mélangé, contradictoire, entortillé des milliards de molécules qui constituent un individu, baigné des courants de l'époque, d'un terroir, d'une famille, imprégné des événements, leur otage on pourrait dire tant il dépend d'eux longtemps après avoir cru y échapper. Approcher la vérité des êtres c'est explorer les strates géologiques qui les constituent. Il y a des dépôts de sédiments, des plis, des bosses et des creux, des alluvions et des fossiles, les traces de l'eau et des chocs. Les couches profondes sont épaisses et granitiques, elles soutiennent l'édifice. Mais leur épaisseur ne dit rien de leur importance. N'est-ce pas la fine pellicule de terre, là, ou ces quelques cailloux polis, ici, qui font la personne ? On lirait dans les hommes comme dans le flanc éraflé des montagnes, si on savait. Au journal, quand on rentre de reportage, un de nos chefs, des plus curieux, demande souvent, les bras dans le dos : « Alors, qu'est-ce qu'on en pense ? » Dans ma tête c'est toujours la même réponse : on en pense que c'est passionnant et compliqué, on en pense qu'en penser quelque chose n'est pas le plus intéressant.

# Mort II

Nous sommes novembre, toutes les dates sont des tombes et je meurs une deuxième fois. On ne devrait pas faire l'amour les soirs de défaite électorale. Lorsque le médecin avait estimé la date de conception, je l'avais fait sourire : miraculé des gamètes une nuit où nos adversaires fêtaient leur victoire au Fouquet's, celui-ci naîtra pour être un résistant, j'avais dit, et le bruit amniotique du cœur battant de mon enfant emplissait la pièce d'une indestructible confiance. Est-ce cela qui lui a porté malheur ? Rirai-je encore, saurons-nous mépriser la malédiction, deviendrons-nous invincibles d'avoir si mal, puisque le pire s'acharne ? Après six jours de vie, notre troisième fils, né grand prématuré, meurt. Ma Montagne paraît minuscule et dire ce qui s'arrache en moi est impossible, les mots n'existent pas.

Hagards pareils, écouter absurde pareil *Le temps est assassin et emporte avec lui le rire des enfants*, *Une petite cantate du bout des doigts*, les cercueils sont toujours trop petits et le ciel est gercé d'effroi. Dans les allées minérales du cimetière, j'appelle ma sœur en silence, je voudrais qu'elle l'attende, je voudrais encore les filles, je voudrais ses bras d'évaporée pour serrer mon enfant aux paupières sparadrap. Et que tout se taise.

Depuis que les nuits ne dorment plus, je lis au hasard. Personne ne me guide vers les lacs où m'attendent d'autres sœurs, je ne sais même plus comment je les trouve. C'est un savoir sans connaissance, un pour moi toute seule. Elles se prénomment Marguerite, Annie, Virginia, Sylvia, Joyce Carol, elles dessinent un continent secret où je saurai continuer, peut-être. Elles ne disent pas les champs de bataille ou les conquêtes héroïques, ni même les échecs magnifiques, elles sont dans l'intérieur de tout, à coudre les vides et les silences. Elles attrapent les pensées sous les gestes, elles écrivent le bourdonnement de l'intime, lointain grognement de bête, elles connaissent les fossés, les ruelles, les terrains vagues, les arrière-boutiques, les bancs dans les gares, la recette du bœuf mode, les yeux collés des enfants, les lucioles dans la neige, le frôlement d'une danse, leurs voix sont pleines du bruit vrai des peaux, ça vibre, ça respire, ça flotte, ça se prend dans la main et ça se perd dans la même seconde, parfois dans une phrase, c'est là. Je les vois comme des sculptrices aux paumes crevassées, revenant incessamment au bloc de marbre, ou bien c'est un tas de terre sans valeur, elles retranchent, arrachent, lissent, repassent sur les bosses et les vides, n'embellissent que pour mieux dire – la fragilité de tout ça.

Dans les journées qui ne marchent plus, j'entre dans les musées, ils deviennent mes forêts des villes. J'y entends d'autres voix, Louise, Camille, Berlinde, Nan. Elles n'assènent jamais, ni n'exigent rien, elles sont des petites chansons chuchotées, on peut les comprendre sans les avoir apprises, elles ordonnent un peu le chaos sous les paupières, promettant des on fait comme on peut, faire c'est déjà bien.

# Adulte IV

Je suis deux, mes doigts n'oublient pas l'odeur du savon de l'hôpital et les pieds chauds d'une petite fille frôlent mes cuisses dans notre lit d'hiver. Le manque est une torture longue et invisible. Je lasse mes heures à ne pas perdre un gramme de souvenirs, je veille sur eux comme on tente de retenir un tas de poudre d'or un jour de grand vent, un souffle et ils s'éparpilleraient, je note chaque minute des six journées de la courte vie de mon petit, j'imagine celle qu'il aurait dû avoir, c'est le perpétuer au milieu des déblais.

Pour un troisième enfant, le congé maternité dure six mois, qu'il soit mort n'y change rien, c'est un privilège français. Une demi-année ne sera pas trop longue pour m'occuper de mon fils, nouer les liens qui feront famille, apprendre à se connaître, lui aménager une place dans notre nid. Je prends soin de notre enfant mort, c'est ce que je fais dans le lent silence de ces mois. J'attends que ses grands frères partent à l'école avec ma Montagne et je vais en promenade avec lui. Mes pas me mènent à la plane clairière. Elle est là, elle nous attendait, accroupie au milieu d'un fatras d'objets cassés qu'elle répare. Il y a du métal, des mécanismes d'horloge, des galets, du bois et des pierres, du plastique coloré aussi. J'approche pour l'embrasser, sa peau est un brouillard doux, tout semble transparent et la veine dans son cou bat un tambour vide.

Elle m'indique ma place, un tapis de feuilles sur lequel elle a rafistolé une table dont les pieds ressemblent à des troncs, enracinés jusqu'à tout le temps. Je m'assieds, mon enfant calé sur mes cuisses, je peux sentir le velouté de son crâne sous mes lèvres. Je vais raconter mon trop petit, l'inventer, c'est ce que font toutes les mères du monde, lui tresser une vie, chanter des berceuses et contempler sa beauté. Puisqu'elle est là avec moi, l'insensé n'est pas fou et le crépusculaire n'est pas triste. On dirait que tout serait normal, tu serais là, il serait là, nous serions ensemble. Ce que nous aménageons est la grotte – je dis aussi le monde 2 – où surgit la possibilité de l'écriture. Dans le secret vivant de la clairière, une phrase prend forme, puis une autre. C'est ainsi que naissent les romans, jeunes pousses des cendres, dans l'audace des chagrins. On y cache les fêlures clandestines, et les effrois, ils les rendent supportables. Celui qui arrive dans la bulle de ces mois contient mon extraordinaire enfant et ses avenirs fauchés, il est la chambre où je l'installe et où je conserve ce que je sais de lui ; il est aussi vrai et irréel que ce garçon que personne ne connaîtra.

Mon fils.

Mon si petit.

Mon doux.

Mon roi du monde.

Je te connais si peu. Chaque morceau de ta peau, je ne l'ai pas caressé. Chaque parcelle de toi, je ne l'ai pas respirée. Ton souffle, je ne l'ai pas senti. Je ne sais pas ton odeur. Je n'ai pas donné un biberon. Je n'ai pas changé ta couche. Ni râlé parce que tu m'empêches de dormir. Je n'ai pas pris ta température. Je n'ai jamais même vu ton dos. Je n'ai pas fait couler l'eau savonneuse sur ton ventre. Je n'ai pas attendu, la respiration suspendue, ton premier sourire. Ni soulagé ta gencive gonflée de la dent à venir. Je ne me suis pas fâchée contre toi. Je n'ai pas entendu ta voix, ton pleur étranglé je ne le sais pas non plus. Je n'ai pas mis tes pieds sur mes joues. Et souffler sur ton ventre pour déclencher ton rire, je ne l'ai pas fait. Ton rire, comment est-il ton rire ? Je ne t'ai pas lu les livres. Je n'ai pas cueilli une figue mûre à l'arbre de la route du puits pour que tu goûtes sa chair cramoisie. Je ne t'ai pas expliqué Rosa Parks en marchant le long de l'océan. Je n'ai pas senti ta main serrer plus fort la mienne. Je n'ai pas attrapé ta mélancolie en te regardant dans le rétroviseur de la voiture. Mais je t'ai couché dans l'éternité d'un livre, c'est tout ce que je pouvais faire.

Les journées d'écriture se déplient, elles sont un plan d'eau calme, hors de tout. Mes parents s'inquiètent un peu, je ne sais leur expliquer que dans la clairière nous sommes heureux, elle qui répare les choses mortes, mon petit et moi. Ma Montagne demande si la tristesse durera toujours. Je ne sais lui montrer que ce chagrin n'est pas si triste. Je dis juste ça va, je tiens le coup, ne te tourmente pas. Et puis les grands rentrent de l'école, ils ont la joie frondeuse de qui connaît la gravité. Nous couvrons la table de papier journal et nous sortons la peinture. Ils inventent des épopées de chevaliers et de dinosaures merveilleux, je peins des têtes vidées de leurs visages. J'achète de l'argile et nous modelons, eux des monstres hilarants, moi des têtes, toujours les mêmes petites têtes vides. Dans la concentration de nos doigts, nous y arrivons, nos mains sont pleines de vrai.

Je suis deux, je ne sais pas quel jour on est et le présent s'enferme dans un écran. Un jour quelqu'un fera l'histoire de ce moment où le réel s'est pixélisé. Autrefois, on mesurait le monde avec ses pieds, on le humait avec sa peau, il fallait sortir pour le rencontrer. Désormais il est dans nos poches, il vibre pour nous notifier quelque chose, il défile sous la pulpe de nos pouces, nous géolocalisant à jamais. C'est une excitation et un épuisement, une sorte d'enfer irrésistible. Le monde s'est rétréci jusqu'à n'être que cette image stroboscopique qui abrutit les heures. Le temps réel gomme chaque hier pour nous faire croire que toute nouvelle journée est une actualité sans passé. C'est notre horizon faux, un mur plasma qui amnésie tout. Les chaînes d'information effacent en continu l'épaisseur des choses, leurs robinets font couler des faits plats, des histoires inhabitées, on dirait des êtres vides, ils viennent de nulle part, les toucher est impossible, ils se désintègrent sous les doigts ; les réseaux sociaux alimentent nuit et jour le selfie planétaire, horizontalité transparente qui élargit les possibles mais abolit les mystères. Je me demande qui sont les fantômes, les miens ou ces zombies qui hantent le réel ? Je me déconnecte pour rejoindre le monde 2 où elle m'attend toujours. Près d'elle je dépose mes moments de rien, ces secondes où il est possible d'être soi sans sourire numérique. Nous nous allongeons dans l'herbe et en brûlant nos yeux de soleil, nous chantons comme autrefois, *Hoy por mi ventana brilla el sol, mi corazón*, *On a loué une maison pas très loin d'Avignon*, *Caramel bonbons et chocolat* ; sa voix est un ruisseau de montagne. Je caresse ses beaux cheveux charbon, nous ne parlons pas, jouant juste à souffler sur les pétales de brume. Sa présence muette est mon atelier, écrire est l'autre mot pour nous sommes les filles.

C'est étrange de découvrir qui l'on est au milieu des décombres. J'ai trouvé un chemin, au plus profond de la forêt, il est banal et caillouteux mais il est à moi. Je sais comment y retourner désormais. D'autres textes m'y attendent, après une lente migration à travers les terres calcinées ils investiront cette maison ni fausse ni vraie, flottant au-dessus des limbes, tâchant de poursuivre ce qui a été arrêté. Ils seront des béquilles et des abris, des musées et des élans, l'endroit sans qui l'on deviendrait folle.

Dans le chantier de la grotte d'écriture, il y aura la fiction, c'est-à-dire la vérité du nouvel univers que nous habitons. Les livres seront les tombeaux des miens, mes petites broderies, ils leur donneront l'authenticité du roman.

Je récite les vingt-six ans, trois mois et six jours de ma sœur pour ne jamais les oublier, je garde mes disparus, je les invente ailleurs, c'est une chose que je peux faire et faire est déjà bien, il y a deux sœurs à qui l'on donnera des prénoms de fleurs et un garçon ne portera que des pantalons en velours rouge, dans toutes les tailles de sa vie, les poser sur la page c'est attraper de l'eau avec ses mains, une petite lutte vaine mais nécessaire contre l'oubli puisque la mort dure trop longtemps.

L'espace n'a plus deux dimensions, je n'ai jamais su lire une carte de toute façon, même pas trois, mais quatre, mais cinq, mais mille puisqu'ils sont nulle part et partout à la fois, présents sous toutes les choses, petites pellicules invisibles qui frôlent chacun de mes gestes. Le temps n'est plus le temps, il est un élastique, six jours sont une vie et les années sans eux se déploient en océan creux. Si j'étais un génie, j'inventerais une théorie révolutionnaire où tout se calcule différemment puisque tout existe autrement. Je m'enfouis dans l'imaginaire, il est leur endroit désormais, et mon lit préféré. Si je peux les écrire, je m'endors avec les trous, assagie de chagrin.

Je suis deux, je suis tous mes absents et il n'y a pas de mot au vocabulaire pour dire orpheline de sœur et d'enfant. S'il n'y a pas de mots pour dire ce que l'on est, est-ce qu'on existe ? À quelle personne se conjuguer ? Dans la plane clairière, sous un rocher, je trouve un autre nous. Le découvrir c'est comme remarcher après un accident, ou jouir après le chagrin. C'est se glisser à la place encore chaude de l'autre qui vient de sortir du lit. On pourrait dire nous pour la personne que nous constituions, les filles, ce serait un nous de majesté, reines des petits riens. On pourrait dire nous pour cet être que nous étions quand l'enfant vivait en moi, il tambourinait joyeux dans mon ventre, oh comme j'aimais ça. On pourrait dire nous pour tout ce qui a existé et n'existe plus. Dans le nous vidé d'eux, je cache mes deux je, celui qui survit et celui qui écrit. Pas de lutte entre ces deux-là, juste une courte échelle, et savoir lequel aide l'autre est impossible.

## *Adulte IV*

Je peux écrire : nous sommes deux, je suis nous.

Je suis nous, je passe mon temps à tracer des traits dans la grotte et mon fils aîné rentre de l'école.

— Qu'est-ce qu'on est, nous ?

— Que veux-tu dire ?

— Ben à l'école il y a des juifs et aussi des chrétiens et des musulmans. Nous, qu'est-ce qu'on est ?

— Euh.

— Qu'est-ce qu'on est ?

— Nous ? On n'est rien.

Son petit frère est là aussi, c'est l'heure des tartines au chocolat, ils sont dans le calme de l'après, ou de l'avant, attablés comme des sérieux, absorbés sur chaque mot qui se prononce. Nous, on n'est rien. Il faudrait pouvoir expliquer, dire nous sommes des individus dotés d'esprit critique et libérés des appartenances, pas de religion, pas de clocher, pas de terre, nous sommes la modernité des Lumières. Nous ne sommes rien. Peut-on charger un enfant de ce vide aux mots trop lourds ? J'explique que nous sommes athées mais que s'ils le veulent, quand ils seront assez grands pour être certains de leur choix, ils pourront rejoindre une religion.

— Élie, il dit que le dieu il existe.

— On peut y croire si on veut, moi je crois qu'il n'existe pas. Parce que personne ne l'a jamais vu.

— Comme le Père Noël ?

— Oui, un peu comme le Père Noël.

— Mais lui, il existe ?

— Oui, lui il existe.

Depuis le premier test de grossesse, nous savons que l'enfant est une personne, qu'il faut lui parler et ne rien cacher ; pourtant mentir est souvent la seule échappée. Le Père Noël existe, on ne meurt que lorsqu'on est très très vieux ou très très malade, quand tu seras grand tu pourras aller sur la lune, si tu travailles bien à l'école tu feras ce que tu voudras, la vie est une promenade passionnante, les fantômes n'existent pas, la violence ne résout rien, je serai toujours là pour toi, tout ira bien ne t'inquiète pas. Je me demande quelles petites enfances ils se raconteront lorsqu'elles resurgiront des abysses. Que garderont-ils des tragédies intimes et des catastrophes partagées, à quel traumatisme arrimeront-ils leurs barques, de quel double langage nous accuseront-ils ? Nous jouons souvent à quel est ton plus vieux souvenir. Jamais ils ne répondent « le jour où tu as dit qu'on n'était rien ». Bon.

Je suis nous, nous ne sommes rien, et tout le monde nous somme d'être quelque chose. Nous devrions nous méfier mais la méfiance est la dernière chose qu'on nous ait apprise. Nous savons, les cours d'histoire nous l'ont enseigné, que la haine commence toujours par la désignation de l'autre comme un autre. On dit les Juifs, on les nomme, on les recense, on les étoile puis on les extermine. On dit les Tutsis, on dit ce sont des cafards, des nuisibles, puis on les massacre. Mais nous ne nous méfions pas, pensant que l'histoire n'est pas pour nous, toujours cette sensation d'être nés en retard d'un événement.

Au commencement, bien sûr, ce n'est pas une haine ouverte. Juste un petit discours, il monte, il piétine tout ce qu'on nous a appris, les valeurs, la beauté (on disait la grandeur) de l'être français, et nous, soucieux de la liberté d'expression, nous laissons piétiner. Je ne sais pas si cela commence à la télévision, à la radio ou sur une estrade surchauffée de campagne électorale. Il n'y a sans doute pas de point zéro à l'ouverture des digues, il s'agit d'un imperceptible laisser-aller, si c'était drôle on pourrait dire un lent toboggan. Ce qui était tabou devient courant, la langue de l'ogre souille les bouches de ses adversaires. Un ministre d'un gouvernement de gauche (lequel ? ils se ressemblent tous quand leurs mentons se tendent) dit sauvageons, tolérance zéro, apartheid, droits de l'hommisme, angélisme. Un président de droite dit racaille, karcher, roms, déchéance de nationalité, identité nationale. Tous crient bientôt, cela devient le seul bruit, intégration, burqa, voile, musulmans, musulmans, musulmans. À la télévision, à la radio, à longueur d'antenne, les braillards du on-ne-peut-plus-rien-dire fustigent le politiquement correct et la pensée unique. Ils vendent leurs livres par palettes. On nous accuse : pédophilie, antisémitisme, violence, tout est de la faute de notre bien-pensance complice, de notre foi en les droits de l'homme qui donnent des devoirs aux forts et des droits aux faibles. L'enfer serait pavé de nos bons sentiments, personne ne se demande quel dallage préparent leurs mauvais sentiments.

La haine nous est un sentiment si étranger que nous ne prenons pas au sérieux celle que nous suscitons. Nous haussons les épaules, nous baissons la tête, mettons un peu de musique veux-tu, la violence même verbale, nous ne savons pas.

Nous étions fiers de nos valeurs comme des héritiers peuvent être fiers d'une maison qu'on leur a léguée, nous devenons des complexés des bons sentiments. Nous finissons par nous laisser convaincre (à quel moment précisément ?) que nous nous inquiétons pour rien, que nos indignations sont plus narcissiques que légitimes. Nous en avons honte, bien sûr, et honte de notre honte. Nous nous retirons, nos amis, nos enfants, nos souvenirs de quand tout allait bien. Même lui, livide mister Renard égratigné d'alcool, ânonne *Les Bobos*, mais nous lui pardonnons, parce qu'il ânonne.

Je suis nous, le monde est verdâtre et une fatigue engourdit peu à peu les corps et les esprits. Récolter la parole revient à enregistrer les mots du rétrécissement, chacun derrière son identité, sa propriété, sa méfiance, les reportages se muent en traversées griffées de ronces. À défaut de trouver les mots pour dire ce qui s'éteint, je me contente d'en être la scrupuleuse greffière. Personne ne me prévient alors que ce que je note dans mes cahiers de reporter est le bruit que fait l'avenir quand il vous lâche. Les années semblent n'être qu'un écoulement naturel ; il y a pourtant un instant précis où, alourdi par les événements, le passé nous a engloutis, comme s'il voulait nous garder pour lui – était-ce pour nous empêcher ou nous protéger ? Je cherche comment raconter les moments où l'on a pris le mauvais embranchement, il fallait aller à gauche, on a tourné à droite, sens de l'orientation déplorable. Pour reprendre la bonne direction, il faudrait retrouver ces moments de bascule invisible, je les vois comme des instants entre les secondes, des temps cachés qui contiennent tout.

Est-ce parce qu'il s'est enlaidi, que je m'en suis épuisée ? Le réel ne me suffit plus. Je ne veux plus que les murmures de la langue glissée sous les silences de la grotte. Je décide de partir du journal un joyeux soir de janvier, laissant derrière moi des amis et des souvenirs par milliers. Je vais aux évaporés, aux imaginaires, aux enveloppes. Dans mon ventre pulse un sang fort, il dit je suis vivante.

Je suis nous, je suis vivante et mes fils dessinent des soleils à mille bras. Ils sont frères comme nous avons été sœurs, ils sont deux, nous disons les gars, je les regarde jouer, j'écoute leurs rires, ils se déguisent, ils s'inventent, ils ne fument pas de menthols sur des transatlantiques, ils sont des chevaliers, des lions, des ninjas, je les enregistre, je les photographie, je les respire, je garde leurs dessins et leurs premiers mots, je tème maman chéri, papamaman peti rendé vou demin, je veux retenir pour eux les souvenirs qu'ils forgent, je ne leur dis pas que, plus tard, cette mémoire à trous sera leur tortionnaire. Je veux jouer avec eux, c'est ma rébellion, à on ferait comme si tout ira bien. Parfois je les emmène au cimetière d'avant, c'est leur endroit aussi, ils l'habitent sans cesser leurs jeux et je ne sais pas dire d'où vient la joie qui m'apaise quand je les vois courir au milieu des tombes, leurs épées imaginaires brandies vers le ciel.

# Mistral perdu

Je suis nous, nous est seule et une chanson est passée à la radio. Une chanson est passée, j'ai pleuré et j'ai commencé à écrire ce texte. *Ta batterie*, c'était le titre. Sur quoi pleure-t-on quand on entend une chanson ? Sur l'instant qu'elle dessine pendant trois minutes et quelques poussières de parenthèse ? Sur les souvenirs qu'elle convoque avec son air de ne pas vouloir s'immiscer ? La chanson est l'art léger. Elle règne par l'illusion du ce n'est pas grave, trois petites notes de musique, rien de sérieux, et ça tue-tête dans les voitures. C'est un piège doux évidemment, tout le monde sait ça. Quand la chanson vous prend, elle vous étreint comme nulle autre œuvre, elle vient fouiller dans vos catacombes, elle malaxe vos enfouis et les larmes dégringolent derrière les essuie-glaces.

J'ai entendu *Ta batterie* et j'ai pleuré sur lui, le chanteur préféré de mes treize ans, sa voix d'homme résigné à ne plus être l'insolence qu'il incarnait, son chant troué d'hospice, les notes que doit prendre le renoncement quand il exulte de nous avoir vaincus. J'ai pleuré sur le temps si vite passé, la banalité universelle de l'effacement et la violence singulière de le ressentir pour soi-même, l'idée de l'échelle d'une vie déjà entamée, et ses barreaux échappés sous les pas ; j'ai pleuré sur une époque, mon enfance, où l'on pouvait croire que l'avenir était gonflé de meilleurs ; j'ai pleuré sur les nuages d'aujourd'hui. Et puis, bien sûr, j'ai pleuré sur elle, c'est-à-dire sur nous, les filles.

Trois minutes et toutes les poussières d'un monde disparu.

Je suis nous, j'écris et écrire ne console rien, ne rassure pas de l'impression d'être sans boussole, toujours plus ou moins hagarde, sens de l'orientation extravagant. C'est marcher sur un sentier transparent. Sous les pieds, une armée tremblante de souvenirs flous se présente en esquisse de fusain pâle, emprisonnée par une vitre embuée. Ils semblent m'attendre mais un mouvement trop brusque, une volonté trop appuyée de les convoquer, et ils s'évanouiront. Hologrammes translucides et impalpables, ils sont l'entièreté et le si peu de ce que je suis. S'ils disparaissent, je m'efface. Je m'accroupis pour fixer la soldatesque dépenaillée de mes souvenirs, à m'en brûler les rétines intérieures. Je connais une manière : les appeler doucement, les faire danser dans la tête, jusqu'à en sentir de nouveau l'odeur, futile et unique, les appeler doucement, c'est comme convoquer le tintement d'un rire, je pense à un chaton craintif, il faut qu'il vienne, je le rassure, voix douce et main tendre, je murmure viens n'aie pas peur, alors un souvenir moins farouche que les autres sortira du rang, il se haussera près de la vitre et ses traits s'éclairciront. Le voilà, il y a deux petites filles quelconques de la campagne seventies et un chanteur aux jambes arquées les fait rire. Je regarde tout, pour ne pas rater un détail sans quoi la scène tombera du fil sur lequel elle tremble et s'écrasera dans le déséquilibre de la généralité froide ou de l'anecdote sans profondeur. Mais déjà, une autre silhouette se détache de l'armée des souvenirs zombies. C'est un mariage, la mère de la mariée est trop émue pour chanter la chanson qu'elle a préparée et personne ne lui en veut, il y aura d'autres occasions. Nul n'imagine que la prochaine occasion sera un déchirement. L'image est là aussi, dans la horde des souvenirs. C'est une cérémonie, d'adieu, ils sont nombreux, ahuris de chagrin, on entend le piano, douze petites notes, on entend *emporte avec lui le rire des enfants*, ils sont ensemble et si seuls. Pas le temps d'une larme, d'autres souvenirs s'avancent : une chambre d'adolescente, des après-midi à jouer aux cartes, des refrains voix mêlées, quelques concerts, des soirs d'élections, des enfants jouent, des adultes s'inquiètent et ne savent plus quoi penser. Si les souvenirs se rangeaient, du plus ancien au plus récent, ils dessineraient un ruisseau serpentant dans une époque, une vie.

Je suis nous, nous sommes une sidération et notre quartier prend une odeur de cimetière. Ils sont morts à quelques rues de là, en janvier d'abord, assassinés parce que dessinateurs, juifs ou policiers, puis en novembre encore, raflés de balles parce que paisibles en terrasse et au concert. Tu devrais voir ça, notre ville aux yeux rouges, ses pleurs silencieux sous les hurlements des sirènes. Tu devrais sentir ça, les fleurs sur le bitume, le froid qui dure longtemps, le souffle fétide de la peur sur toutes les nuques. Nous avons marché, multitude entourant la place de la République comme une onde intense, et personne ne criait. Nous avons déposé des bougies, serré plus fort les mains de nos enfants, et personne ne hurlait vengeance. Nous ne savons pas quoi faire mais nous le faisons.

Nous étions les puissants, nous pensions le monde et le monde, nous disait-on, n'en aurait qu'une éternelle reconnaissance, nous étions les lumières et les coins obscurs n'attendaient que nos torches pour s'éclairer. Personne ne nous avait dit, sœurette, que l'ombre avait ses raisons suprêmes qui nous feraient vaciller aussi rapidement. Les enfants regardent une série américaine, ils disent *Winter is coming* et personne ne songe plus que c'est de la science-fiction. Tu n'auras pas connu cela, cet état de vulnérabilité fébrile qui prend le tout de nos vies, ce fatalisme comme seul moyen de ne pas faner d'angoisse.

Je suis nous, chaque jour la Méditerranée avale dans l'indifférence les cadavres des migrants et il faut dire au revoir à ce que nous étions. Je nous vois comme un troupeau aveuglé, contraint de marcher sans guide ni but, au bord d'un gouffre que personne n'a cartographié. Il faudrait s'arrêter à l'abreuvoir, profiter d'un repos sous les arbres, attendre les silences, ça s'appellerait réfléchir. Mais le troupeau ne fait pas de pause, il continue, triste et entêté, peut-être il tourne en rond, avancer tête baissée est son seul destin désormais, d'anesthésié.

Savoir quoi penser est devenu la question quotidienne. Il faut avoir un avis. Est-on pour ou contre l'état d'urgence, le burkini, l'impôt sur la fortune, les régimes spéciaux de retraite, la carte scolaire, la pénalisation des clients de prostitués, la légalisation du cannabis, l'accueil des réfugiés, la guerre en Syrie ? Les choses quand elles se disloquent sont-elles un drame ou une chance ? Sur chaque question, balancer de oui à non, de je ne sais pas à je ne sais plus, arrêtons de parler de tout cela veux-tu, ça me fatigue. J'ai sur mon bureau une boule magique numéro 8, elle me l'a offerte lorsqu'elle a visité New York, me disant : tu la secoues, elle te donne la réponse à n'importe quelle question. Je la prends. Pour ou contre le voile ? L'Europe des 27 ? Je la secoue. La boule ne marche plus, les réponses sont effacées. La 8-ball est comme moi, elle ne sait plus ce qu'elle pense, elle dit On ne comprend plus rien, tout est trop compliqué.

À partir de quand est-il trop tard ? Un matin une femme se lève et ça lui saute au visage, la vie a passé, déjà. Un jour, un homme regarde autour de lui et tout se ressemble mais rien n'est plus comme avant, il ne se souvient même pas qu'il méprisait la nostalgie. Un soir, le monde se voit devenir fou dans les écrans, les pays semblent s'offrir un à un à l'obscurité. Ma Montagne est devenu historien des guerres, il nous raconte, et nos enfants écoutent leur père dire la bascule brutale après des années de lente glissade. Sommes-nous à ce moment où reculer est impossible ? On ne peut plus être dans la naïveté, disent ceux qui parlent, la guerre est là, il faut prendre parti, sécurité ou liberté, laïcité ou tolérance, les alternatives sont creuses et impossibles pour qui ne sait pas rejeter. Nous pouvons bien les fuir, tête dans le sable, cela ne changera rien, le troupeau s'y rue et nous emporte avec lui, en nous hurlant de choisir notre camp.

Nous achetons une platine vinyles, nous ne disons pas électrophone, ni tourne-disques. Nos fils découvrent nos 33 tours et le temps de deux faces, les airs d'avant nous déconnectent et nous attachent. Nous pensons parfois qu'il faudra peut-être partir un jour, pour se mettre à l'abri. S'il fallait préparer un petit baluchon, j'y mettrais les rires de mes fils à huit et six ans, le grain de la peau de ma sœur, et le goût des baisers, de tous les baisers. Et nos jeux, je les mettrais. Nous aurons joué :

Aux petits chevaux
À traîne traîne mon balai
À t'aimes le beurre
À un deux trois soleil
Au papa et à la maman
À la balle
À l'élastique
À la marelle
Aux Mille bornes
Au Monopoly
Au kilo de merde
Au whist
Au Cluedo
Au docteur
À la maîtresse
À cache-cache
Au mikado
Aux osselets
À la météo
Au tarot
À la belote coinchée
À Questions pour un champion
À Lara Croft et Silent Hill
Aux mots croisés qu'on invente (tu dis « mots croizoudes »)
À des émissions de radio
À des films qu'on écrit
À la canasta
Aux échecs
À quels prénoms pour nos enfants
À mais pourquoi n'es-tu plus là

Je suis nous, nous sommes tout petits et nous nous voyons céder. Autrefois, on n'y pensait jamais, le verbe n'existait pas à notre lexique, ni lui ni aucun de ses synonymes. Céder, abandonner, perdre, plier, se résoudre, renoncer, voilà désormais ce que nous faisons. Nous renonçons à expliquer, défendre, comprendre. Nous nous rassurons par une manifestation de temps à autre et chaque jeudi soir au soutien scolaire, j'espère qu'Abraham, Youssef et Fatoumata garderont leur goût gratuit des livres, mais tourne comme une mouche insistante cette chose que nous sentons : il faut se résoudre au pire qui vient. Piteusement mettre à terre un genou, puis deux, comme le chanteur épuisé qui ne voit dans son miroir que les ombres de l'enfance perdue et n'entend dans sa voix que le dérisoire de colères qu'il ne rimera plus. Se résigner comme le verre de demain, encore une cigarette, à quoi bon se priver. Se résigner comme se présenter aux autres tel qu'on est, écorché de renoncement, lacéré des promesses non tenues, à chaque trahison son entaille, et nos corps sont nus sous la lumière cruelle, que reste-t-il de nos amours, de nos naïvetés, de nos élans, Mistral perdu ? Quand la radio a diffusé *Ta batterie*, l'image qui est venue est celle de l'ultime chant d'un monde englouti. Il y aurait nos mains préhistoriques sur la paroi des grottes, l'écho flou de nos cris passés, le long voyage moribond de la lumière qui fait croire à l'étoile qu'elle brille encore quand elle est déjà éteinte.

Je suis nous, nos enfants s'éloigneront bientôt et le monde pèse des tonnes. Je l'ai retrouvée dans mon quartier et comme à chaque fois j'ai été marquée par l'enfance franche de son sourire. Elle pourrait être toutes les amies, elle est une des plus anciennes. En chemin pour le concert, nous avons parlé, c'est poursuivre la conversation entamée quand nos vingt ans étaient des tremplins. Nous étions fortes d'espoirs, fissurées de failles auxquelles nous ne prêtions pas attention. Nous avons embrumé les nuits, randonné, ouvert des huîtres et appris des recettes. Nous avons chuchoté au téléphone pendant des heures, visité des appartements, payé des avocats, entamé des psychanalyses, fait des voyages transatlantiques et choisi des canapés. Nous avons accueilli des nourrissons, fêté des anniversaires et des mariages, gagné une Coupe du monde et des élections, certaines artères de Paris ont gardé l'écho de nos pas indignés, nous avons enterré des illusions, arrêté de fumer, et repris, passé des concours et des obstacles, nous avons entendu *Mistral gagnant* au bord de cercueils bien trop jeunes. Nous n'avons plus treize ans, c'est écrit dans toutes les travées, sur les fronts ridés et les doudounes engoncées que nous faisons se lever pour regagner nos places, c'est comme embarquer pour une croisière animée par l'ancienne vedette de notre adolescence, nous rions de tous ces bandanas accrochés aux cous usés, ressortis d'un tiroir, d'une boîte en carton, du lieu des forteresses collégiennes. À l'entrée on nous a fouillées mollement. Ça nous a inquiétées un peu. Nous en venons à souhaiter ce que nous détestons, qu'on nous protège, et nous détestons souhaiter cela.

Ses jambes à lui sont arquées comme autrefois, son tee-shirt est tendu par un ventre de cervoise, il voudrait être un phénix, toujours debout, à le voir hésiter sur la grande scène j'ai plutôt l'impression qu'il est aussi perdu que nous. *Fatigué*. Dans la fosse, un groupe entonne les refrains, même *J'ai embrassé un flic,* ils le braillent rebelles, ils sont le rituel, peu importe la messe. Il y a du pathétique mais aussi une tendresse à retrouver les siens, il chante *Manu* comme à nos walkmans, et de nouveau nous partageons l'idée que nous ne sommes pas seuls ; un spectateur me regarde, son sourire est beau, de ceux qui disent je sais, profitons, c'est bien. Le fauteuil à ma droite est vide.

J'y pose ma veste en jean et je la sens s'y installer, son rire cascade en secret le long de ma tempe et lorsqu'il termine ce qui n'est plus qu'une carcasse épuisée de *Mistral gagnant* elle me tend un sourire triste – et c'est une étreinte de picots ronds.

Je suis nous, les émanations du monde ancien flottent encore dans l'air et les petites archives de ce que nous ne sommes plus nous narguent. Ma sœur est un siècle, un âge d'or, une longue saison de printemps dont je veux conserver toutes les traces. Des sites Internet gardent ce que nous étions. Je parcours des photos de classe, c'est un vertige d'anoraks, d'enfants pâles et de cheveux datés. Il y a des bouches et des regards fermés, des instituteurs lunettes fumées, des cartables bicolores, bien trop de vies qu'on ne sait plus. Je me retrouve, en CE1, mon sourire m'étonne. Qui suis-je ? La petite qui s'offre au photographe scolaire ou celle qui la regarde, émue et étonnée de ne pas se reconnaître ? À quelle minute, mois, année, devient-on soi ? Est-on dans tous ses âges ? Je suis celle qui apprend à marcher en Algérie, celle qui fronce ses sourcils pour tenter de comprendre comment tourne le monde, je suis celle qui brûle sa peau dans la neige insouciante, je suis celle qui caresse le matin dans le lit chaud, je suis celle qui marche jusqu'aux cercueils, elle a du courage, de la légèreté, de la joie et du chagrin. Elle est tous ses sédiments.

Je suis nous, c'est un Noël, tout a changé mais tu reconnaîtrais. Le village a grandi, un supermarché s'est ouvert dans le champ près de l'école, un rond-point ralentit la nationale, la fontaine est toujours là.

Au bout de la route, il y a le cimetière.

J'y vais parfois.

La maison, si tu voyais. Ils ont fait des travaux. La mangeoire est partie, je ne sais plus si c'était avant ou après. Maman dit ça : avant ta sœur. Cela veut dire avant ta mort, mais elle ne prononce jamais ce mot. Tu es partout entre nous, nœud invisible qui nous lie. Les parents ont remplacé le carrelage par du parquet et la cuisine a changé de place, il y a toujours la table ronde, nous y sommes bien. Au mur ils ont mis une belle photo de toi, en noir et blanc, celle où tu ne souris pas, tes yeux sont des aimants d'ébène et quand je la regarde je me vois mélangée à ton visage dans le reflet. C'est une image qui n'existera plus, toi et moi mêlées, une sorte de baiser qu'on ne peut pas toucher. Est-ce que je te trouverai si je vais dans ta chambre, dans les albums photo ou à la piscine où nous jouions autrefois à être des championnes de natation synchronisée ? Est-ce que tu seras là si je me concentre assez pour retrouver la sensation, pas l'idée, de nous deux dans le grand lit de notre chambre d'hiver ?

M'est venue l'envie de faire l'inventaire de ce qui demeure de toi ici. Je prends l'escalier, laissant en bas notre frère, il joue avec son fils, un autre neveu que tu ne feras pas rire aux éclats. Ta chambre est là, ton lit d'adulte, la petite valise de nos 45 tours sur l'étagère, entourée de tes livres, il y a les fiches que tu as préparées pour des examens qui n'auront servi à rien, ton écriture bleue, quelques bibelots dont tout le monde a oublié l'histoire. J'ose ouvrir ton placard, tant d'années sans m'y aventurer. Tout a été rangé dans des grandes boîtes en carton. L'une d'elles contient tes lettres, je referme son couvercle, pas le droit, pas encore, je te les laisse secrètes. L'autre boîte est plus lourde. Ce sont quelques-uns de tes vêtements. J'imagine maman la remplir, courageuse ; elle y a même conservé des sous-vêtements, presque j'en ris. Il y a des robes dont je ne me souvenais pas, de couleurs qui n'existent plus, quelques foulards, un pyjama peut-être, rien n'est abîmé.

Je plonge la main dans les profondeurs de la boîte. Bien sûr j'aimerais que tu y sois, bien cachée et jubilant de ta blague, tout ce temps avant que l'on te trouve, on a compté jusqu'à 5 875, et c'était en jours de manque. Mes doigts rencontrent une douceur, c'est un pull, ta marinière blanche et rouille, tu te rappelles ? Je la prends doucement, c'est idiot j'ai peur qu'elle tombe en poussière. Je ne sais pas d'où vient l'idée de la porter jusqu'à mon visage, ce sont des idées qu'on a sans y penser. J'enfouis mon nez ma bouche mes joues dans la laine. L'odeur me submerge, elle est restée là toutes ces années, à m'attendre. Mon sourire tremble un peu, et ça dégouline sous mes paupières. L'odeur de toi, elle contient tout, les petites filles dans l'herbe, les adolescentes paresseuses sur la terrasse, les jeunes femmes au réveil, tous nos rires et toutes nos larmes, ton nez rouge, mes paupières gonflées. L'odeur de toi, il faudrait pouvoir la mettre en flacon, s'en asperger les poignets et le cou quand l'insupportable de ton absence fissure le cœur. Il faudrait en garder chaque particule pour dire à ceux qui ne t'ont pas connue : « Sens, c'est elle, ma sœur, mon amour, ma joie, ma vie. » Soudain la peur vient, avec son mauvais sourire. La boîte est ta grotte de Lascaux, l'ouvrir trop longtemps c'est prendre le risque que tout s'évapore, que la respiration des vivants contamine ce qui reste et l'emporte à jamais. Nous ne pouvons plus être ensemble au même endroit, mon corps vivant menace tes reliques. Je suis la conservatrice en chef, l'archéologue de nos petits riens, ils sont précieux comme un cheval rupestre, vite je replie le pull dans les profondeurs du carton, je referme la boîte. Et ton placard, jamais été aussi bien rangé. Sous ton pull, j'ai glissé notre nous. Il est temps d'apprendre à dire je.

Je suis je, nous étions nous et la politique, comme une rivière après la sécheresse, retrouve toujours son lit. Il y a une nouvelle élection présidentielle, la quatrième sans toi. Nos rituels reprennent, écouter les débats, suivre la chronique du barnum, en discuter à chaque repas. Ça n'est pas une excitation mais une fébrilité. La dernière fois, on avait fini par se laisser raconter que la gauche essayerait de changer la vie, vraiment, son ennemi c'est la finance, on avait même tenté de rejoindre la Bastille pour fêter la victoire, le métro était bondé de joie. On y croyait un peu, et un peu c'est déjà trop. Je ne sais plus quand nous avons compris. Était-ce pendant les manifestations anti-mariage pour tous, qu'il laissa prospérer jusqu'à devenir cortèges homophobes ? Ou lors de la présentation du plan d'aide aux entreprises ? Peu importe le moment. Les derniers mois auront suffi ; état d'urgence, déchéance de nationalité et loi travail, à trop vouloir plaire à la droite, ce président n'était plus des nôtres.

Est-ce le contexte qui a tout modifié ou l'invariant cynisme des hommes ? Tout a des airs de nous-y-voilà, les erreurs d'hier exigent que l'on passe à la caisse. Je ne sais pas si nous réfléchissons trop ou pas assez, nous faisons des stratégies électorales, voter aux primaires de la droite, ne pas aller à celles de la gauche ou alors si, puis au premier tour, voter l'un que l'on n'aime pas pour éliminer l'autre que l'on déteste, ou alors non, suivre celui qui nous plaît, même s'il n'a aucune chance, migraines à trois bandes.

C'est une soirée politique, nous regardons ensemble le débat de l'entre-deux-tours. Pas un visage ici que tu n'aies chéri. Tu nous trouves vieillis ? Épaissis, marqués ? Reconnais-tu qui nous sommes ? Sens-tu dans l'atmosphère la tension gorgée des relents d'une dernière chance à laquelle personne ne croirait ? Sur la table il y a des houmous sur du pain tradition aux céréales, des fromages à la coupe et du vin naturel. L'ogre a été remplacé par sa fille, nous nous sentirions presque abandonnés, il était un ennemi si pratique ; elle est la méchante de *Hansel et Gretel*, attirant les naïfs dans sa maison aux murs de pain d'épice, elle fait plus peur que son père mais nous ne savons plus si nous devons crier au loup, même les contes sont à l'envers.

On voulait la fin du vieux monde, tu te rappelles ? La voilà, elle vient. Elle marche dans un ralenti de communicant vers la pyramide du Louvre et c'est comme l'intronisation d'un roi. Je pense au King, ce chat dont on découvrit l'inclination politique un soir de défenestration électorale. Se peut-il que le nouveau président soit de droite, comme le King ? C'est idiot, les choses qui se glissent dans les interstices de la pensée, le nouveau président n'est pas la réincarnation du King, juste le néo-monarque d'un peuple égaré. Autour de lui et de ses promesses dorées s'agrègent sans vergogne vieille droite et ancienne gauche, confirmant une intuition qui nous frôlait ces dernières années, sous les gros yeux des « pragmatiques » : ceux que nous pensions de gauche étaient de droite, on se moquait de nous. Sous les acclamations sourdes de la France qui va bien, gronde, mais elle fait mine de ne pas l'entendre, la colère des humiliés. Y penser fait peur, ou espérer. Je me souviens de Ramón, sur sa barque espagnole. J'ignore s'il est toujours vivant. Que penserait-il de cet événement ? J'imagine qu'il vient, rames fatiguées, français de rocaille et regard grave, m'annoncer la nouvelle : la gauche que nous étions, celle qui voulait gouverner pour changer la vie, ne pas se résigner aux inégalités, résister à l'argent qui corrompt tout, cette gauche est plongée dans le coma.

Je suis seule, nous étions de gauche et nous ne savons plus qui nous sommes. C'est une ironie cruelle et triste, je ne sais pas. Nous étions deux, tu te souviens, on disait les filles et ça voulait tout dire. Tout n'était qu'aujourd'hui et demain, hier n'existait pas, le confort que c'était. J'ai cru que ce serait un petit texte, il venait comme ça, l'air de rien, un petit texte pour graver une époque, se souvenir de ce qui fut, et je me retrouve à contempler la catastrophe. C'est comme être allé en sifflant jusqu'à un promontoire, facile, même pas un filet de sueur, et puis se retrouver à regarder un champ de cendres, tout a disparu :

un chanteur, une époque, des espoirs, des valeurs. Qui a soufflé dessus ? Où sont-ils partis ? Avons-nous gagné quelque chose de ce que nous avons perdu ?

Michel Drucker est toujours là. Pour le reste tout a changé, sauf le manque, cet animal obèse qui grossit chaque jour passé sans toi. Nous avons déménagé, habitant des espaces que ton souffle n'aura pas imprimés, ce sont des endroits sans toi mais tu es l'envers de tout. Nous évoluons dans des sphères immatérielles, fascinants souks des opinions à ciel ouvert que tu n'auras pas connus. Les réseaux sociaux ont leur zone d'intimité, c'est comme une alcôve derrière un rideau, on peut y converser en privé ; à chuchoter là des heures, on redevient adolescent, on se dit des secrets, des bouleversements et des blagues, on dit qu'on se parle mais on ne fait que s'écrire. Au milieu des nuits sans sommeil, on s'y serait retrouvées, c'est certain, et tu en aurais été la reine.

Il y a une petite valise au fond du placard, celle-ci est beige et si bien enfouie qu'on peut vivre une vie sans y penser. Elle est pleine de lettres qu'on m'a envoyées. Les lire c'est descendre dans les caves de la mémoire. Quelques signatures me sont totalement inconnues. Je ne sais plus qui est cette fille qui m'envoie ses pensées depuis un cours de maths où elle s'ennuie à crever. La valise a l'épaisseur de mon âge, elle me dit que j'ai vieilli et je ne le savais pas. Les enveloppes se rangent en plusieurs tas. Les lettres d'amour qu'on relira plus tard, les amis d'aujourd'hui, leurs mots d'avant, et tes lettres à toi. Les voilà, celles que je pensais avoir perdues. Il ne faut pas pleurer, les larmes effaceraient l'encre de ton stylo. Il faut lire comme si l'on venait de recevoir le courrier, enveloppe ouverte en montant l'escalier, manteau jeté par terre, petites convulsions de sourires. Il faut sentir le papier, s'il y avait là un peu de ton odeur, quelques gouttes d'ADN conservé, il y aurait toi. Il faut toucher, c'est presque une caresse, ce que tu as touché, le papier est doux.

Il y a toi, et mes mains tremblent un peu. Tes blagues, tes sérieux, tes tendresses sont là. Il y a toi et si peu toi dans le même endroit. Tes mots sont une langue maternelle mais étrangère maintenant, la profondeur du temps passé me rend analphabète. Je peux les lire mais je ne les comprends qu'à moitié ; je sais à peine de qui tu parles, à quoi tu fais référence, je sais que tu t'adresses à moi mais ce moi a changé, je ne me rappelle pas très bien qui il était alors, je ne sais plus rien mais je sais que c'est nous qui dansons dans ce paysage de lignes. Cela devient une poésie familière et étrangère, un entre-deux où nous sommes sans y être, c'est l'étrangeté de ça et je pense que partout tout le temps je n'aurai été qu'au bord des choses, à les vivre intensément sans les comprendre entièrement. Je ne sais pas si c'est une façon de se soumettre ou de s'échapper. Tout relire c'est s'enivrer et s'écœurer du passé, sur la tempe le pistolet du temps assassin. Une de tes lettres se conclut, et ton écriture semble si pressée qu'elle se penche à toute allure, d'un

*Ne te décourage pas si je te manque.*
*Tout s'arrange 1 jour.*

Il faudrait avoir la force de te faire croire que tout va bien, ne t'inquiète pas, le courage a été éprouvé mais pas vaincu, regarde, j'écris ces lignes. Je me demande parfois quelles vieilles sœurs nous serions devenues, tu sais, quels chemins auraient dessinés les rides autour de tes yeux, comment tes cheveux blancs auraient pris la lumière, de quels soucis nous aurions été les survivantes si ta mort n'avait pas occupé toute la place dans nos échafaudages. Aurions-nous su la chance d'être en vie ensemble ? Je voudrais m'asseoir à côté de toi, sentir ta peau de picots doux, écouter ta voix me raconter, rire un peu encore et te dire, mais te dire quoi ? J'ai appris à être heureuse et si triste pourtant. Ou bien : j'ai appris à être heureuse parce que si triste pourtant – ça marche aussi.

Je me demande d'où viennent ces lignes qui s'écrivent, d'une chanson vraiment, des larmes inattendues qu'elle a provoquées ? Peut-être ont-elles parcouru un long voyage, des années à errer sur mes chemins, elles marchaient la nuit pour échapper aux contrôles, elles étaient des ombres maigres, on pouvait les confondre avec les silhouettes forestières derrière lesquelles elles se cachaient. Elles étaient si discrètes que personne ne les a vues venir. Pas un bruit, à peine un froissement parfois, on se retournait et on ne distinguait rien alors on se disait On a entendu des voix.

Merci à Renaud pour ses chansons qui accompagnent mes fantômes, notamment celles dont quelques mots sont cités dans ce livre (par ordre d'apparition) : *Marche à l'ombre*, auteur-compositeur Renaud Séchan, album *Marche à l'ombre*, Polydor, 1980, © Warner/Chappell Music, Inc., Mino Music. – *Deuxième génération*, auteur-compositeur Renaud Séchan, album *Morgane de toi*, Polydor, 1983, © Warner/Chappell Music, Inc., Mino Music. – *Hexagone*, auteur-compositeur Renaud Séchan, album *Amoureux de Paname*, Polydor, 1975. – *P'tite conne*, auteur-compositeur Renaud Séchan, album *Mistral gagnant*, Virgin Records, 1985, © Warner/Chappell Music, Inc., Mino Music. – *Rita*, auteur-compositeur Renaud Séchan, album *Amoureux de Paname*, Polydor, 1975, © Warner/Chappell Music, Inc., Mino Music. – *Mistral gagnant*, auteur Renaud Séchan, compositeurs Renaud Séchan et Jean-Philippe Goude, album *Mistral gagnant*, Virgin Records, 1985, © Warner/Chappell Music, Inc.

Merci aussi aux quelques autres dont ce livre porte l'empreinte fugace, et plus particulièrement : Noir Désir, *Tostaky (le continent)*, auteur Bertrand Cantat, compositeur Noir Désir, album *Tostaky*, Barclay, 1992. – Philippe Katherine, *Les Objets*, auteur compositeur Philippe Katherine, album *Le Film*, Wagram Music, Cinq7, 2016. – Léo Ferré, *Avec le temps*, auteur-compositeur Léo Ferré, album *Avec le temps*, Barclay, 1970. – Alex Beaupain, *Delta Charlie Delta*, auteur-compositeur Alex Beaupain, B.O. du film *Les Chansons d'amour* de Christophe Honoré, 2007. – Barbara, *Dis, quand reviendras-tu ?*, auteur-compositeur Barbara, album *Dis, quand reviendras-tu ?*, CBS, 1967 ; *Une petite cantate*, auteur-compositeur Barbara, album *Bobino 1967*, Philips, 1967. – Pierre Perret, *Lily*, auteur-compositeur Pierre Perret, *Mes chansons engagées*, 1977, © Songs of Peer. – Jeanette, *Porque te vas*, auteur-compositeur José Luis Perales, album *Porque te vas*, Hispa Vox/Polydor, 1976. – Charlélie Couture, *La Ballade du mois d'août 75*, auteur-compositeur Charlélie Couture, album *Pochette Surprise*, Island Records, 1981. – Dalida et Alain Delon, *Paroles, paroles*, auteurs-compositeurs Leo Chiosso, Giancarlo del Re, Gianni Ferrio, Michaele, album *Paroles, paroles*, Orlando Sonopresse/ Barclay, 1973.

CET OUVRAGE A ÉTÉ COMPOSÉ PAR PCA
POUR LE COMPTE DES ÉDITIONS J.-C. LATTÈS
17, RUE JACOB, 75006 PARIS
ET ACHEVÉ D'IMPRIMER SUR ROTO-PAGE
PAR L'IMPRIMERIE FLOCH À MAYENNE
EN OCTOBRE 2017

JC Lattès s'engage pour l'environnement en réduisant l'empreinte carbone de ses livres. Celle de cet exemplaire est de :
750 g éq. $CO_2$
Rendez-vous sur
www.jclattes-durable.fr

PAPIER À BASE DE FIBRES CERTIFIÉES

N° d'édition : 02 – N° d'impression : 91767
Dépôt légal : octobre 2017
*Imprimé en France*